文庫

うぽっぽ同心終活指南（一）

坂岡　真

中央公論新社

目次

島帰り

一

文化九年正月二十五日、快晴。

小太りのからだに黒羽織を纏《まと》い、白髪《しらが》交じりの髪は小粋な小銀杏髷《こいちょうまげ》に結っている。福々しい顔の眉間《みけん》には御仏の白毫《びゃくごう》にも似た黒子《ほくろ》があり、涼しげに笑えば目尻に深い皺《しわ》が刻まれた。

「うぽっぽの旦那、おはようござんす。お元気そうで何より」

歩きまわった先々で親しげに声を掛けられるのが、臨時廻りの長尾勘兵衛《ながおかんべえ》にとっては何よりの薬にちがいない。

「さすがに初天神だけはあるな」

今日は天満宮《てんまんぐう》の縁日、湯島《ゆしま》天神は参詣客で賑《にぎ》わっており、縁起物や鉢植えや食べ物を売る葦簀《よしず》張りの床見世が鳥居から参道にいたるまで所狭しと並んでいる。

九日前の十六日は月に一度の富突《とみつき》、三富のひとつに定められた天神社の境内は一攫千金を狙う人々で埋めつくされた。そのとき以上の混雑ぶりに面食らったが、掏摸《すり》や喧嘩《けんか》を未然に防ぐためにも見廻りは欠かせない。

もっとも、寺社領は大名でもある寺社奉行の差配内ゆえ、不測の事態が起こったときは大名家の家臣たちが出張ってくる。ただし、盛り場の見廻りは町奉行所に託されており、掏摸などをみつけたらその場で縄を打ってもかまわない。とはいうものの、廻り方の同心は南北町奉行所合わせても二十四人、南町奉行所の臨時廻りにかぎってみれば六人しかおらず、それだけの人数で江戸じゅうの寺社を廻りきれるはずもなかろう。

それゆえ、勘をはたらかせ、揉《も》め事《ごと》が起きそうなさきへ足を向けねばならない。不浄役人を嫌う連中からは「廻り方なんぞ屁《へ》の足しにもならぬ」と皮肉を言われることもあったが、何を言われようと見廻りを止《や》めるわけにはいかなかった。

突如、参道の一角から怒鳴り声が聞こえてくる。

「てめえが退《ど》け、邪魔しやがると承知しねえぞ」

どうやら、床見世で隣合わせた香具師《やし》同士が揉めているらしい。

駆けだしの定廻りなら、それこそ十手を抜いて駆けだしたところであろうが、老練な勘兵衛は容易《たやす》く動かない。

遠目から様子を窺っていると、区割りを受けもつ地割師が香具師たちのあいだに割ってはいり、その場を丸く収めた。いちいち首を突っこまぬのは、そうなることが予測できたからだ。自分たちで解決できることは放っておけばよいのである。
だてに年季を積んできたわけではない。酸《す》いも甘いも嚙《か》み分ける度量のある者でなければ、臨時廻りはつとまらぬ。

勘兵衛は見廻りをひととおり済ませ、小石川の牛天神まで足を延ばすことにした。

裏門から出て切通を上り、枳殻《からたち》の芳香が漂いはじめた麟祥院《りんしょういん》の門前を横目にしつつ、本郷大路を横切る。さらに、武家屋敷の狭間を進み、広大な水戸《みと》屋敷の北側を巡って小石川仲町にいたり、急勾配の牛坂を上っていく。

向かうべき道筋を鮮やかに思い浮かべながらも、渋い顔で溜息《ためいき》を吐《つ》いた。

ひとむかし前なら、南茅場《みなみかやば》町の大番屋を起点にして、南は芝増上寺《しばぞうじょうじ》山内の茅野《かやの》天神や飯倉《いいくら》天神まで、東は両国橋《りょうごくばし》を渡って本所の外れにある亀戸《かめいど》天神まで平気で歩いていったものだ。もちろん、行こうとおもえば行けなくもないが、途中でぎっくり腰になるかもしれず、まんがいちのことも考えて、近頃はあまり無理をしなくなった。

「年相応ということばもあるゆえな」

南町奉行所の定廻りを三十年近く、臨時廻りも八年余り務め、還暦になった今も江戸市中を朝から夕まで歩きまわっている。同年配の同心たちはほとんど隠居したというのに、縄張り内の自身番を順に覗き、繁華な広小路《ひろこうじ》から貧乏長屋が並ぶ露地裏まで顔を出す。

どうして楽隠居せぬのかと、挨拶《あいさつ》代わりによく尋ねられるものの、勘兵衛にも理由はよくわからない。あきらめが悪い性分だからであろうか。足腰の強さには自信があるので、道端で野垂れ死ぬまで歩きつづけるつもりだと、誰かに問われたら笑って受けながすことにしている。

勘兵衛は息も切らさずに牛坂を上りきり、かつて源頼朝《みなもとのよりとも》が座って夢をかなえたという牛石を撫《な》でまわした。気合いを入れて裏門を潜ってみれば、牛天神の境内は参拝客で溢《あふ》れ、今年一番の稼ぎ時と見定めた露天商たちも張りきっている。

「湯島に負けておらぬぞ」

高台は武家屋敷に囲まれているせいか、めだつのは二本差しや着飾った武家娘のすがただ。それだけに、袖切りや簪《かんざし》抜きの掏摸が出没し易く、臨時廻りとしては気を抜くことができない。

木斛《もっこく》の若木が植えられた参道の脇に、商家の奉公人風の若い男が立っている。

じっとみつめる眼差《まなざ》しのさきでは、花色模様の小袖を纏った武家娘がお守りの置かれた社務所を覗いていた。髷に挿《さ》されたびらびら簪の飾りが揺れ、煌《きら》めきながら蝶《ちょう》のように誘っている。

一見すると、若い男はいかにも怪しい。

獲物を物色しているのではあるまいか。

勘兵衛は歩みを止め、切れ長の眸子《まなこ》を細める。

簪抜きをやるのかやらぬのか、一瞬で見極めねばならない。

「あいつは、やらねえな」

つぶやいたそばから、下駄を鳴らした町娘が男のもとへ駆けてきた。

相惚れのふたりは仲良く肩を並べ、参道の向こうへ遠ざかっていく。

「ほうらな」

閂《かんぬき》差しにした大小の柄《つか》にちょこんと両手を載せ、勘兵衛は素知らぬ顔で歩きだす。

いつの頃からかも忘れたが、飄々《ひょうひょう》と市中を歩きまわるすがたから「うぽっぽ」と綽名《あだな》されるようになった。

「不浄役人のくせに袖の下も受けとらず、手柄をあげる気概もねえ。上の連中からは見放され、同役や後輩からは小莫迦《こばか》にされ、それでも、のほほんとした顔で後生楽《ごしょうらく》に町中を歩きまわっていやがる。うぽっぽってのはな、毒にも薬にもならねえお気楽な野郎ってことなのさ」

先達の廻り方から説かれ、最初は嫌っていた綽名も、そのうちに馴染《なじ》んでしまった。市井の連中から呼ばれつづけるうちに居心地がよくなり、今ではすっかり「うぽっぽ」が板に付いている。

長屋の嬶《かか》ぁたちからは、笑みを湛えた丸顔が「微笑仏《みしょうぶつ》のようだ」と褒められることもあった。ほんわかとした顔の裏に閻魔《えんま》が隠れていることなど、誰ひとり想像もできまい。

「旦那、こっちこっち」

呼ばれた声に振りむけば、黒い股引きに網代《あじろ》格子の着物を纏った白髪親爺が近づいてきた。

「おう、銀次《ぎんじ》か」

通称はすっぽんの銀次、粘り強い調べを信条とする岡っ引きで、勘兵衛のことは一から十まで知っている。

「たぶん、ここに来ればお会いできるとおもいやしてね」

「さすが、すっぽんの親分だ。まだまだ勘は錆《さ》びちゃいねえな」

「お褒めになるのは早《はよ》うござんす。じつは、お耳にいれときてえことが」

「厄介事か」

「いいえ、悪いはなしじゃござんせん」

銀次がにっこり笑ったところへ、女の金切声が響いた。

「……ひゃああ、止めて、お助けください」

参道の十間ほどさきだ。参詣客たちが一斉に逃げる。

流れに逆らって近づくと、刀を抜いた月代《さかやき》侍が仁王立ちしていた。

左腕に五つほどの童女を抱え、母親らしきおなごを刀の先端で制している。

「騒ぐな、娘を串刺しにするぞ」

「後生です、どうか、ご勘弁を」

母親は両手で拝み、仕舞いには膝を折って甃《いしだたみ》に額《ぬか》ずいた。

一方の侍は、まだ若い。両眼を吊った顔は鬼にしかみえず、あきらかに正気を失っている。

遠巻きにする野次馬たちは手も出せず、固唾《かたず》を呑んで見守るしかない。

勘兵衛は大小を鞘《さや》ごと抜いて銀次に預け、慎重に一歩を踏みだした。

気配を殺して歩いたところで、若い侍が気づかぬはずはない。

「寄るな、この娘を串刺しにしてもよいのか」

左腕に抱えた童女は、すでに気を失っていた。

勘兵衛はぺこりと頭をさげ、落ちついた口調で語りかける。

「どうか、その娘を助けてやってくだされ。わたしでよろしければ、身代わりになりましょう」

振り向いた母親の顔は怯えきり、からだの震えを抑えられずにいる。

勘兵衛は母親のかたわらに立ち、若い侍に笑いかけた。

「何があったのか、おはなしを伺わせてくださいな」

こちらが丸腰なので、相手も少しは落ちついたようだ。

「おぬしは何者だ」

と、尋ねてきた。

「長尾勘兵衛と申します。廻り方の同心でして」

「不浄役人か」

「はい。ご覧のとおりの老《お》い耄《ぼ》れにござるが、何かお役に立てることがあるかもしれませぬ」

「されば、わしのはなしを聞いてくれ」

「かしこまりました」

勘兵衛はぱんと裾《すそ》を叩《たた》き、その場に正座してみせる。

若い侍は見下ろすような恰好で、訥々《とつとつ》と喋《しゃべ》りはじめた。

「わしの名は和久井兵庫《わくいひょうご》、水戸家の作事方である。今さっき、御作事奉行から御役御免を申しわたされた。早晩、改易の御沙汰も下される。法外な賄賂《わいろ》を貰って畳屋に便宜をはかった罪だ。身に覚えがないと潔白を訴えたものの、御作事奉行は聞く耳を持たぬ。おおかた裏があるに相違ない。いや、そうとしか考えられぬ。怪しいのは、御畳奉行の片瀬與左衛門《かたせよざえもん》なのだ」

言いたいことは伝わった。身におぼえのない濡《ぬ》れ衣《ぎぬ》を着せられ、頭が真っ白になったのだろう。どうして牛天神まで足を運び、行きずりの童女を巻きこんでしまったのか、おのれでもわかっておらぬにちがいない。

勘兵衛はあくまでも、落ちついた口調を変えずに言った。

「和久井さまがお疑いになるのであれば、その御畳奉行は怪しいのでございましょう。証しを立て、ご自身の疑いを晴らしたいと仰《おお》せなら、わたしがお調べいたします」

「えっ、おぬしが調べると申すか」

「痩せても枯れても、十手を預かる身にございます。やってもいないことをやったと言われ、おまけに御役御免まで申しわたされたとなれば、見過ごすことはできませぬ」

「まことか。まことに、調べてくれるのか」

「お約束いたしましょう」

目をまっすぐにみつめ、しっかりうなずいてやった。

和久井は強張《こわば》った頬を弛《ゆる》め、刀を握った右手を降ろす。

あとひと息で折れると読んだとき、童女が目を醒《さ》ました。

「……ひっ、ひぇええ」

悲鳴を耳にするや、和久井の顔は鬼に戻った。

足下に放った娘を斬るべく、刀を振りあげたのだ。

「待て」

勘兵衛は叫び、帯の背から十手を抜いた。

抜いた勢いのまま、無造作《むぞうさ》に投げつける。

――がつっ。

十手の先端が眉間に命中し、和久井はたまらずに尻餅《しりもち》をついた。

その拍子に、刀が右手から離れる。

勘兵衛は駆けだし、地べたに座る童女を抱きよせた。

和久井は眉間から血を流しながらも、脇差を抜きはなつ。

そして、白刃をみずからの首筋にあてがった。

「長尾どの、頼んだぞ」

止める暇もない。

ぱっと、鮮血が散った。

悲惨な光景をみせまいと、童女の目を掌《てのひら》で隠す。

我に返った母親が、這《は》うように近づいてきた。

「おちよ」

娘の名を呼んで抱き寄せ、勘兵衛に涙目で何度もお辞儀をする。

野次馬どもが騒然とするなか、五、六人の月代侍が駆け寄せ、屍骸《むくろ》となった和久井を戸板に乗せて運んでいった。

「あれはきっと、水戸さまのご家中にござんしょう」

大小を抱えた銀次が、後ろから身を寄せてくる。

「とんだ目に遭《あ》いやしたね」

「ああ」

勘兵衛は大小を帯に差し、苦い顔で血痕を睨《にら》みつけた。

「銀次よ、そう言えば、はなしが途中だったな」

力なく笑いかけると、すっぽんの銀次は月代をぽりぽり掻《か》きだす。

「帰《け》えりの道々、ゆっくりおはなしいたしやしょう」

勘兵衛はうなずき、血に穢《けが》された参道から離れていった。

もはや、誰ひとりとして、惨劇に関心を向ける者はいない。

危ういところを救われた母娘も、境内からすがたを消してしまった。

瞼《まぶた》の裏に浮かんでくるのは、自刃に追いこまれた若い作事方の顔だ。

――長尾どの、頼んだぞ。

託された最期のことばは、重荷以外の何ものでもない。

そもそも、水戸藩の内情に町方風情が口を挟めるはずもなかった。

上役の不正を調べると約束したのは、童女を救うための方便にすぎない。

「それでも放ってはおけぬと、旦那は仰《おっしゃ》るんでやしょうね」

銀次はよくわかっている。

勘兵衛は厄介な自分の性分を持てあました。

二

勘兵衛は八丁堀の地蔵橋《じぞうばし》に近い同心の組屋敷に住んでいる。

百坪程度の拝領地に建つ平屋だが、独り身になった今は広すぎるように感じられてならない。

片開きの木戸門を潜り、満天星《どうだん》の垣根に囲まれた中庭にまわれば、金縷梅《まんさく》や寒木瓜《かんぼけ》が花をつけている。銀次が作ってくれた簡易な違い棚には、千両や万両や紅梅などの鉢植えが並び、訪ねてくる者の目を楽しませた。

仁徳《にんとく》という店子《たなこ》がひとりいる。先代の頃から根が生えたように居着いた金瘡医《きんそうい》だ。顔を合わせれば皮肉ばかり漏らしているが、淋しさを紛らわせる呑み相手としては申し分ない。

娘の綾乃《あやの》は定廻りの末吉鯉四郎《すえよしこいしろう》に嫁いだあとも、暇をみては治療の手伝いにやってくる。仁徳には幼い頃から身内のように可愛がってもらったし、裏表のない仁徳の歯に衣着せぬ物言いを気に入っているのだ。

抹香《まっこう》臭い部屋の仏壇には、心底惚れたおなごたちの位牌が置いてある。

ひとりはお静《しず》、もうひとりはおふう、どうして惚れてしまったのかもふくめて、ふたりを失った経緯《いきさつ》は振りかえらないことにしている。ふたつ仲良く並べた位牌に語りかけるのが、このところは勘兵衛の日課になっていた。

「銀次が申すにはな、島送りになった岩吉《いわきち》が御赦免船で戻ってくるというのさ。十三年ぶりだぞ」

永代橋《えいたいばし》から流人船を見送った日の情景は鮮明におぼえている。

弥生のはじめで、大川一面が朝霧に包まれた寒い朝だった。

「身寄りはたったひとり、おはるという五つの愛娘《まなむすめ》でな、産後の肥立ちが悪くて死んじまった母親の顔も知らねえ子だった。おはるは岩吉に男手ひとつで育てられたのさ。だから、別れは辛かった。泣きじゃくるおはるに、これが一生の別れになるとは告げられねえ。『ちょっと出掛けてくるから、いい子にしてな』と、岩吉も震える声で約束するしかなかった。『おはるをお頼申します』と、おれは土下座までされたんだ。あんときほど往生させられたことはねえ」

勘兵衛は丸盆を膝元に寄せ、銚釐《ちろり》の燗《かん》酒をぐい呑みに注いだ。

こくっとひと口呑み、潤んだ眸子でまた喋りだす。

「おはるはすくすく育ってな、今じゃ水茶屋の看板娘さ。大店の若旦那に見初《みそ》められたなんて浮いたはなしもある。岩吉がそれを知ったら大喜びするにちげえねえ。でもな、おはるに岩吉のことを告げるべきかどうか、おれはいささか悩んでいる。どうしてかって。それはな、永代橋の桟橋で岩吉に頼まれたからなのさ。『頃合いをみて、おはるに父親は死んだと告げてやってくだせえ』とな」

十三年前、岩吉は人を殺《あや》めた。八丈島に送られた咎人《とがにん》は、死ぬまで娑婆《しゃば》に戻されぬ定めになっている。それがわかっていたから、敢《あ》えて拒みはしなかった。

「でもな、岩吉に頼まれたことばを、おれはおはるに伝えちゃいねえ。伝える勇気がなかったのさ。もちろん、帰えってくるとも伝えちゃいねえ。下手に望みを持たせるのは性に合わねえからな。岩吉が帰えってくると知ったら、おはるはきっと涙を流して喜ぶはずさ。ただし、岩吉は怒るだろう。あいつは頑固一徹な泥大工だった。おはるが罪人の娘だと世間に知れりゃ、良縁はことごとく破談になる。だから、黙っててほしいと、あいつならおもうにきまっている」

勘兵衛も娘を持つ身だけに、岩吉の気持ちはよくわかる。赦免船で戻れることになっても、娘には黙っていてほしいと願うはずだ。それゆえ、おはるに告げるべきかどうかの判断がつかない。

「なあ、おれはどうすればいい」

銚釐に手を掛けると、廊下に人の気配が立った。

確かめずとも、誰かはわかる。

「義父上《ちちうえ》、鯉四郎にござります」

「ふむ、はいれ」

「いいえ、こちらでお待ちいたします」

仏間には遠慮してはいってこない。不器用な娘婿だが、そういうところはわきまえている。定廻りになって八年目、ちょうど脂が乗ってきたところでもあり、勘兵衛はみずから学んだことのすべてを託そうとおもっていた。

襖障子《ふすま》を開けると、鯉四郎は大きなからだを丸めてお辞儀する。

「まあ、座れ」

「はい」

鯉四郎は縁側の端に尻を降ろした。

西の空は夕焼けに染まり、つがいの烏《からす》が飛んでいる。

「今日はどのあたりまで足を延ばしたのだ」

「亀戸天神まで行ってまいりました」

「たいそうな賑わいであったろう」

「はい。されど、酔っぱらいの喧嘩があった程度のことにござります。義父上は牛天神で厄介事に巻きこまれたそうですな」

「銀次から聞いたのか」

「はい、あらましは」

「余計なことに首を突っこむなと、顔に書いてあるぞ」

「さようなこと、微塵《みじん》も考えておりませぬ。わたしも義父上と同じ立場なら、自刃した相手との約定は守ろうとするはず」

「だから、おぬしは危うい。適当に自分をごまかすことができぬ。たぶん、不浄役人には向いておらぬのだろうな」

「向いておらずとも、生涯を十手に捧げることはできましょう」

目の前に良い手本があるとでも言いたげに、鯉四郎は笑いかけてくる。

勘兵衛は銚釐を手に提《さ》げ、ぐい呑みをふたつ並べて酒を注いだ。

「お待ちを。これから夜廻りがござります」

「まあ、よいではないか。下戸《げこ》でも、一杯くらいはつきあえ」

無理に呑ませてくれるなと、綾乃にはいつも叱られる。だが、義理の息子と酒を酌みかわすのは、むかしからの夢だった。それがわかっているので、鯉四郎もぐい呑みに口をつける。

「表だって動けば、邪魔がはいりましょう」

「たしかに、門外漢の廻り方が動けば、水戸家の連中も寺社奉行の配下もおもしろかろうはずはあるまいよ」

「気づかれぬように、端緒を探ってみます」

「頼む。おぬしがおれば心強い」

「それと、御赦免船で帰ってくる罪人のことも聞きました」

「さようか」

ただ、銀次から詳しいはなしは告げられていないという。

「十三年前と申せば、それがしは十九、勘定所の見習いとして燻《くすぶ》っていたところにござります」

「そうであったな」

鯉四郎の父は勘定方であったが、不正に連座した廉《かど》で腹を切らされた。実母と兄弟も亡くなり、ひとり残された鯉四郎は祖母の手で育てられたのだ。小野派一刀流の免状を持つ遣い手だったこともあり、紆余曲折を経て南町奉行所へ引きぬかれた。そのときに指南役を仰せつかったのが縁で、鯉四郎は娘の綾乃と結びついたのである。

「十三年前、いったい何があったのですか」

「岩吉は運のない男さ。料理茶屋の女将《おかみ》に頼まれ、古くなった家作の壁を直していた。二階の座敷では大店の商人が宴席を催し、昼間っから芸者をあげてどんちゃん騒ぎに興じておってな」

酔った商人の悪ふさげが昂じ、芸者のひとりが手込めになりかけた。芸者は座敷から逃げだし、廊下の端の大階段から転げおちた。それを助けたのが、偶《たま》さか居合わせた岩吉だった。

「酔った商人も芸者を追いかけ、大階段を真っ逆さまに転げおちてきた。どうにか起きあがったが、痛みをおぼえて腹をみてみると、泥大工が使う鏝《こて》が刺さっていた」

「岩吉が刺したのですね」

「わざとじゃねえ。芸者を助けたのが仇《あだ》になった」

わざと刺したとみなされれば、即刻、斬首の沙汰が下されたにちがいない。だが、岩吉を知っていた勘兵衛の口添えもあり、過失だったと判断された。刺された商人にも落ち度は大いにあったので、家人も恥ずかしい経緯が世間に晒《さら》されるのを嫌い、箝口令《かんこうれい》を敷くことを条件に罪一等の軽減を町奉行所に願いでた。そちらも勘兵衛の尽力があってのことだが、ともあれ、岩吉は命までは失わずに済んだのである。

「とばっちりもよいところですな」

「ああ、そうだ。死んだ商人は自業自得さ。おかげで、腕の良い泥大工がひとり江戸から消え、五つの娘は父無し子になっちまった。おれは神仏を呪ったぜ。こんな理不尽があってよいものかと、大川に向かって叫んだものさ」

されど、岩吉にも少しだけ運が残っていた。

「島送りのときは四十二だ。本厄だったからおぼえている」

「すると、今は五十五」

「老けこむ年じゃねえが、島の一年は娑婆の三年に相当するとも言うしな。下手をすりゃ、見掛けは八十の爺さまになっているかもしれねえ」

「おはるという娘のことは」

「おはるも、おれのことはよく知っている。おはるを育ててくれたのは、おみつという芸者あがりのおなごさ」

ぴくりと、鯉四郎は片眉を吊りあげた。

「……まさか、そのおなご」

「そのとおり、岩吉に救われた辰巳《たつみ》芸者さ」

おはるを自分の子として預かり、三味線一本で何年か食べさせていたが、今から三年前に貯めた金を元手に水茶屋をやりはじめた。

「小石川白山《はくさん》権現の門前にある。団子が美味《うめ》えと評判の見世でな」

人気を博しているのは、塩気を利かせた餡子《あんこ》の詰まった「おみつ団子」だが、看板娘の顔を拝みたくて九十文払う客も大勢いるらしい。

「甘党のおめえなら、食べてみてえはずだ」

「是非とも」

「なら、明日にでも行ってみるか」

岩吉のことを告げるかどうかは別にして、団子を食べにいくだけなら顔を出してもかまうまい。

「さ、もう一杯」

必死に拒もうとする鯉四郎を制し、勘兵衛はぐい呑みになみなみと安酒を注いだ。

三

白山権現の杜《もり》から、鶯《うぐいす》の鳴き声が聞こえてくる。

勘兵衛は鯉四郎とともに、駒込片丁のさきを左手に折れて石段を上り、右手前方に鳥居がみえる辺りまでやってきた。門前大路を挟んで対面には水茶屋があり、竹色の地に「おみつ団子」と白抜きされた幟《のぼり》が風に揺れている。

見世先には笑顔を絶やさぬ色白の看板娘が立っていた。

おはるである。

赤い毛氈《もうせん》の敷かれた床几《しょうぎ》に座る客は、ほとんどが町人の若い男だ。五、六人はいようか。

ひとり去ればまたひとりあらわれ、席が空くことはない。

しばらく遠目から眺めていると、浅黄裏《あさぎうら》の勤番侍がひとりやってきた。

若い男だ。愛想よく応対するおはるに、串団子をひと皿注文する。奥から皿を運んできたのは、鰹縞《かつおじま》の縕袍《どてら》を羽織ったおみつのほうだった。勤番侍はがっかりした様子もなく、ひと串で三つ連なる団子を美味そうに食べはじめる。

ほかの連中は茶だけで粘っているというのに、勤番侍だけは団子をもぐもぐ食べていた。

その対比が何やら妙におもしろく、勘兵衛は見入ってしまう。

おはるも同じように感じたのか、勤番侍のほうをみて微笑《ほほえ》んでいる。

「あのふたり、何やらお似合いですな」

と、鯉四郎も囁《ささや》きかけてきた。

「あの若侍、目当てはおはるではなく、団子のようだ。甘党で融通の利かなそうなところが、おぬしに似ておるな」

「心外にございます」

ふたりの会話が途切れた。

見世に訪れるのは、行儀のよい客ばかりではない。

一見してそれとわかる破落戸《ごろつき》どもがあらわれたのだ。

「おい、ありったけの団子を持ってこい」

ひとりが叫ぶと、床几に座っていた客たちは蜘蛛《くも》の子を散らすように消えてしまう。

おはるが困惑顔で俯《うつむ》くと、見世の奥からおみつが飛びだしてきた。

「また、あんたらだね、商いの邪魔をしたら承知しないよ」

一歩も退かぬ構えで抗えば、破落戸どもの背後から痩せた男が踏みだしてくる。

「あいつめ」

と、鯉四郎が吐きすてた。

男は銀流しの十手をちらつかせ、おみつに身を寄せていく。

勘兵衛も眉を顰《ひそ》めた。

「伝通院《でんづういん》の伊六《いろく》か」

本郷と小石川の一帯を縄張りにする岡っ引きで、何かと評判のよくない男だ。

「義父上、どうなされます」

「少し様子をみてみよう」

伊六はおはるに「よっ」と気軽に挨拶し、顎《あご》をしゃくって奥へ行かせた。

そして、馴れ馴れしくおみつの肩を抱き、耳許に何事かを囁いてみせる。

おはるに聞かせたくないはなしをしたのだろう。

おみつは暗い顔で奥へ引っこみ、すぐに戻ってくると、伊六の差しだした袖口に手を突っこんだ。

突如、伊六は怒りだす。

「端金《はしたがね》はいらねえんだよ」

おみつに手渡された銭を、地べたにぶちまけた。

それを合図に、破落戸どもが暴れだす。わあわあ騒ぎながら幟を引っこ抜き、毛氈を捲《めく》って床几をひっくり返した。

「まいろう」

勘兵衛は冷静につぶやき、鯉四郎をさきに走らせた。

黒羽織の同心が近づいても、破落戸どもは気づかない。

伊六だけが察し、破落戸どもの頭を叩いて止めさせた。

「へへ、どなたかとおもえば、末吉さまじゃござんせんか。それに、うぽっぽ……いえ、長尾さまも」

　鯉四郎は黙って近づき、伊六の襟首を摑んで捻《ねじ》りあげる。

「うっ……い、痛《いて》え」

「だろうな」

　鯉四郎が手を放すと、小狡《こずる》い岡っ引きは尻餅をついた。

　横を向いて唾を吐き、着物の砂を払いながら起きあがる。

「伊六、てめえ、何してやがる」

　勘兵衛に問われても、小悪党はへらついた口調で応じてみせた。

「文句がおありなら、高木《たかぎ》さまに仰ってくだせえ」

「奥目の甚内《じんない》か。そう言えば、おぬしは高木甚内の手下だったな」

　鯉四郎と同じ定廻りで、年はひとまわりほど上だ。狡猾《こうかつ》に立ちまわって毒水を啜《すす》りながらも、手柄だけはきっちりあげてくる。弱い者を苛《いじ》めては袖の下を搾《しぼ》りとる悪党同心の見本、それが高木甚内という男にほかならない。

「伊六、ちと顔を寄せろ」

「えっ」

　息が掛かるほどまで近づかせ、勘兵衛は低声《こごえ》で囁いた。

「おめえ、おみつを強請《ゆす》っていやがるのか」

「へへ、とんでもねえ。いい話を持ってきただけでさあ」

「いい話だと。まさか、御赦免船の件じゃあるまいな」

「よくおわかりで。看板娘は知っちゃおりやせんぜ。そいつを黙っててほしいと泣きついてきたのは、おみつのほうなんで」

ほっとした。おはるは岩吉が戻ることをまだ知らぬ。父親が罪人だったと世間に知れれば、おはるの良縁はことごとく水泡と消えてしまう。それがわかっているからこそ、高木は伊六に命じて強請を掛けさせたのだ。

「しがねえ団子屋を強請ってどうする。そいつはただの弱い者苛《いじ》めだろうが」

「袖の下、塵も積もれば山となる。そうやって、しがねえ岡っ引きは生きていかなきゃならねえんですよ。あっしらがいるおかげで、お江戸の連中は平穏でいられるんだ。誰よりも年季を積まれた長尾さまなら、それくれえのことはおわかりでやしょう。へへ、無理だとおもいやすが、高木さまとはなしをつけてくだせえましな。それじゃ、ごめんなすって」

伊六は憎たらしい捨て台詞を長々とつらね、破落戸どもを連れていなくなる。

おはるが奥からひょっこり顔を出した。

「あっ、うぽっぽの旦那」

「おう、おはる。恐え目に遭ったな」

「ぜんぜん、わたしは平気です」

「そうか、こいつは一本取られた」

ふと、振りかえれば、さきほどの勤番侍が地べたに散らばった団子を拾いあつめている。

目を凝らしてみると、眉間に小さな黒子があった。

どうやら、ひとりだけ逃げずにいたらしい。

ひっくり返った床几も元に戻し、毛氈を掛けようとしている。

「お武家さま、申し訳ございませぬ」

おはるが声を掛け、鯉四郎も片付けを手伝う。

勘兵衛はおみつに目配せし、大路を渡ったさきに立つ鳥居の端まで連れだした。

「あの勤番侍、よく来るのか」

「ええ、団子がたいそうお好みのご様子で。半月ほど前から、三日にあげずおみえになります」

「かなりの甘党だな。素姓は」

「わかりません。一度それとなくお尋ねしましたが、名乗るような者ではないと仰いましてね」

「おはるへの下心はなしか」

「ええ、団子だけがめあてのようで、めずらしいお客さまかと」

「眉間に黒子があったな」

「旦那ほど立派な黒子じゃございませんけど、たしかにありましたね」

「まあよかろう。勤番侍のことより、伊六のはなしだ。あいつに強請られておるのか」

「ええ、まあ」

「おはるには」

「伝えておりません。旦那にご相談してからとおもって」

「そいつは賢明だった。ありがとうよ」

おみつはくいっと顔を持ちあげ、眸子を輝かせる。

「やっぱり、岩吉さんは戻ってこられるのですね」

「ああ、十三年ぶりだ。おめえにゃ感謝しなくちゃならねえ。おはるを、よくぞここまで育ててくれた」

「岩吉さんに叱られないようにって、それだけをおもって育ててまいりました。感謝しなくちゃならないのは、わたしのほうなんです。あの子のおかげで、どれだけ淋しいおもいをせずに済んだか。あの子は、わたしの生き甲斐なんです。だから、けっして悲しませたくはない。良縁に恵まれることだけが、わたしの願いなんです」

「岩吉もたぶん、そう願っているだろうさ」

　おみつは涙ぐみ、袖で洟水《はなみず》を拭《ぬぐ》った。

「岩吉さんの願い事、うぽっぽの旦那はわたしにだけ教えてくださった。自分は死んだことにしてくれっていう。だから、おはるには伝えておりません。でも、岩吉さんが戻ってくるって知ったら、あの子、どれだけ喜ぶことか」

「喜ばしてやりてえ気持ちは山々だが、そうなりゃ岩吉との約束を破ることになる。生き別れになった罪人の父と娘が十三年ぶりに再会するとなりゃ、妙な噂が広まって、おはるは一生独り身を余儀なくされるかもしれねえ」

「どうしたらよいのか、わたしにもわからない。でも、あの子は岩吉さんに会いたがっておりますよ。時折、ひとりでふらりといなくなる。行き先は流人船を見送った永代橋の桟橋です。大川の彼方《かなた》を淋しげにみつめて、あの子、涙を流しているんですよ」

「そうだったのか」

「永代橋だけじゃない。団子坂のさきにある天福寺《てんぷくじ》のほうへも折りをみてはお詣りに」

「まことか」

「ええ、天福寺の阿弥陀堂には岩吉さんの鏝絵《こてえ》が飾ってある。それを、あの子は知っているんですよ」

「おめえが教えたのか」

「いけませんでしたか。せめておはるに、父親の思い出だけでも持たせてあげたかったんです」

岩吉は壁を上手に塗るだけの泥大工ではない。腕のよい鏝絵師であった。施主に頼まれれば、鏝ひとつで壁に極彩色の動物や風景を描いてみせる。なかでも出色とおもわれる鏝絵が天福寺に奉納されていた。

鏝絵のことをおみつに教えたのは、勘兵衛である。もちろん、おみつを責める気はない。悲しい思い出とともに、岩吉のすべてを封じることなどできぬからだ。

「ともあれ、伊六たちのことは、おれに任せておけ」

「はい」

「おはるの気持ちは、岩吉に会ったら伝えてみる。あいつがどうしたいかはっきりするまで、このことは内密にしちゃもらえまいか」

「承知しておりますよ。うぽっぽの旦那とは、一心同体でござんすから」

「ふふ、嬉しいことを言ってくれる」

「冗談ですよ」

おみつは頬を朱に染めて微笑み、恥ずかしそうに小走りで見世に戻っていった。

――ほーほけきょ。

鶯が誘うように鳴いている。

勘兵衛は鰹縞の背中を見送ると、権現様の拝殿に祈りを捧げるべく大きな鳥居を潜りぬけた。

四

二日後の夕、勘兵衛は家でひとり飯の支度をととのえていた。

よほど天気が悪い日を除けば、縁側で中庭を眺めながら晩酌をすることにしている。

箱膳に並べた七宝の皿には、綾乃から貰った鱈《たら》の粕漬けが載っていた。分葱《わけぎ》と田螺《たにし》を酢《す》味噌《みそ》で和《あ》えたぬたや、寒中の大森沖で採れた新海苔《のり》もある。新海苔は尺五寸四方に切ってあり、わざわざ一枚ずつ七輪で炙《あぶ》り、香りもいっしょに味わう。しゃきっとした歯ごたえがたまらず、口のなかでとろけたあとでもほんのりと甘味を残す。

晩酌の仕上げには、生海苔の羹《あつもの》も控えていた。

独り身の夕餉《ゆうげ》にしては、贅沢な膳立てにちがいない。

辺りが暗くなるまで、まだ半刻ほどはあろう。燗をつけたのは安酒ではなく、奮発して買った剣菱《けんびし》の諸白《もろはく》だった。鉢植えの紅梅も蕾をほころばせつつあり、去りゆく睦月《むつき》を惜しみながらのんびり飲《や》るにはちょうどよい。

「よし」

新海苔もいい塩梅《あんばい》に焼けた。

勘兵衛は生唾を呑みこみ、諸白の満たされた盃に手を伸ばす。

と、そこへ、何者かが簀戸門《すどもん》を押して入ってきた。

「ふへへ、新海苔か」

仁徳である。

白髪頭を茶筅《ちゃせん》髷に結い、口には泥鰌髭《どじょうひげ》を生やしていた。

首から掛けた前垂れには、誰のものともわからぬ血痕がついている。

勘兵衛が顔を顰《しか》めても、古漬けのごとき金瘡医はいっこうに動じない。

「そんな顔をするんじゃねえ。おれはおめえが寝小便を垂れていた頃から、ここに住んでいるんだ。喩《たと》えてみりゃ、荒神棚に祀られた竈《かま》の神さまみてえなものさ。ちゃんと食べ物をお供えし、敬わなくちゃならねえんだぞ」

いつもの悪たれ口がはじまった。勘兵衛はじつの両親を知らない。亀戸天神の鳥居の根元に捨てられていたという。宮司に拾われたあと、風烈廻りを務める同心夫婦に望まれて養子となった。心優しい養父母は勘兵衛を一人前に育てあげ、住む家と食い扶持を遺してくれたのだ。

遺された組屋敷には、町奉行所の検屍医もやっていた偏屈な間借り人がくっついてきた。むかしからの経緯を知る者は自分しかおらぬと、仁徳は小鼻をひろげて誰彼となく告げてまわる。聞かされるほうも迷惑だから止めてくれと頼んでも、いっさい聞きいれてはもらえない。

仁徳はあたりまえのような顔で縁側に座り、勘兵衛の盃を奪って剣菱を呑み、焼きたての新海苔を食べはじめた。

「おいおい」

萎《しな》びた頬を平手打ちにしてやりたくなったが、訪ねてきてくれるだけでもありがたいという綾乃のことばをおもいだし、どうにか怒りを抑えこむ。

席を外して別の盃を手に戻ってみると、仁徳は鱒の粕漬けにも箸《はし》をつけていた。

「ちょっと待ってくれ」

声を荒らげても、詮無いことはわかっている。

仕方なく七輪の前に座り、勘兵衛は二枚目の海苔を炙りはじめた。

「すっぽんのやつから聞いたぞ。岩吉が八丈島から戻ってくるそうじゃねえか」

「岩吉のこと、おぼえておられましたか」

「忘れるわけがねえ。家の壁を只で塗り直してくれたからな。おめえに言われて、天福寺の鏝絵も拝んだ。あら、いい絵だ。住職も嘆いていたぜ。これほどの鏝絵をおおっぴらにできぬのが残念でならぬとな」

「ほう、ご住職がそんなことを」

「ああ、だから、おれは言ってやったのさ。仕上げたのが罪人だろうと誰だろうと、鏝絵に罪はねえ。世間さまにおみせしねえのは、仏の道に反するんじゃねえのかってな。そしたら、住職はこたえやがった。鏝絵のことが世間に知れたら、仕上げた者の素姓があれこれ穿鑿《せんさく》される。噂が広まれば、残された者が不幸になるかもしれぬ。だから、そっとしておいてほしい。そう長尾勘兵衛に頼まれたってな」

「ええ、そうですよ」

「けつの穴が小せえんだよ。岩吉は悪党じゃねえ。父親が島送りになったってだけで娘を嫁にできねえ野郎なんざ、最初から相手にしなきゃいいんだ。ふるいに掛けて残ったなかに、玉がみつかるかもしれねえぞ」

「世間はそれほど甘くない。そのくらいは、おわかりでしょう」

「まあな。ふん、嫌な世の中だぜ」

仁徳は吐きすて、二枚目の新海苔を奪って食べはじめた。

ぱりぱりと食べる音が小気味よく、憎たらしさだけが募る。

三枚目は是が非でも渡さぬと心に決め、勘兵衛は仏頂面で海苔を炙りはじめた。

「で、どうすんだ。岩吉と娘を繋《つな》いでやらねえのか」

「正直なところ、迷っております」

「どうして」

「会えばいっしょに住みたいと、おはるは言うでしょう。岩吉はそれが恐いのです。もちろん、娘とひとつ屋根の下で暮らしたいにきまっている。されど、島帰りの自分がいっしょにいたら、おはるはきっと不幸になると、おもいこんでいるのです」

「岩吉がそう言ったのか」

「いいえ」

「なら、そいつは、おめえのおもいこみかもしれねえぞ」

「どっちにしろ、おはるに告げるまえに、岩吉の気持ちを確かめてみぬことには」

「そいつはどうかな。強引に会わせてみるのもわるかねえ」

仁徳はくっと諸白を呑み、分葱と田螺のぬたを箸でごっそり掬《すく》う。

そこへ、もうひとり訪ねてくる者があった。

大きなからだを縮めて簀戸門を抜けてきたのは、鯉四郎にほかならない。

「おっと、鱈みてえに鱈腹食うやつが来やがった」

仁徳は「げへへ」と笑い、鱈の粕漬けを皿ごと持ちあげる。

「ほれ、あるぞ」

「けっこうです。夕餉は済ませてまいりました」

勘兵衛は、ほっとした。鯉四郎までくわわったら、自分が食べるぶんがなくなってしまう。

「義父上、水戸藩のほうの調べ、とっかかりをみつけました」

「お、そうか」

鯉四郎が調べてきたのは、神田上水の費用負担に関わる訴えだった。

「訴えたのは関口《せきぐち》水道町名主の藤兵衛《とうべえ》、ならびに小日向《こひなた》水道町名主の長七《ちょうしち》にございます」

幕府の作事奉行へもたらされた訴状の日付は、昨年の暮れだという。名主ふたりが連名で訴えた相手は、水戸藩から白堀通《しらぼりとおし》浚賃銭《さらいちんせん》を徴収する役目を任された金田屋《かなたや》庄兵衛《しょうべえ》であった。

「訴えの中身は、徴収されたはずの金銭が両町に公平に分配されぬため、町民が過度の負担を強いられているというものにございました」

「待て、ちとはなしがみえぬ」

口を挟んだのは勘兵衛ではなく、仁徳のほうだった。

井之頭池《いのかしらいけ》を水源とする神田上水は、関口大洗堰《おおあらいぜき》で何本かの支流がひとまとめにされ、水戸藩邸内までは白堀と呼ばれる開渠《かいきょ》の堀で、そこからさきは網目のように張りめぐらされた樋《ひ》と枡《ます》によって各戸へ給水されるのだ。

水を利用する者は水銀《みずぎん》を払わねばならず、武家屋敷の石高や家作の大きさに応じて補修や掃除の普請金も負担しなければならない。徴収した金銭を公平に分配する役目は幕府の普請奉行が負っているのだが、実質は普請奉行のもとに武家組合と町人組合が組織され、組合のなかで費用の分配が決められていった。

名主たちからの訴えは、関口大洗堰から水戸藩邸にいたる一千百間余りの白堀を掃除するための通浚賃銭に関するものであった。

「何年かごとに下流の町々から徴収される費用は、膨大なものとなります。上水の供給口を任された水戸藩は武家組合のまとめ役で、金銭の徴収と分配に関して大きな権限を持っておるとか。水戸藩の指定した定請負人が、上流の名主たちに訴えられた金田屋なのです」

金田屋の本業は、畳屋であるという。

「水戸藩の上水奉行が畳奉行を兼ねており、その関わりで定請負人に指定されたのではないかと」

「されど、神田上水に関する訴えに、町奉行所は口出しできまい」

「もちろん、そちらの訴えは幕府の御作事奉行宛になされたものです。されど、訴えのあった数日後、名主ふたりが不審な死を遂げました」

「何だと、それを早く言え」

と、仁徳が横槍を入れる。

鯉四郎は動じずにつづけた。

「町方で調べてみると、夜道で何者かに斬られたらしいのですが、いずれも辻斬りの仕業ということで手仕舞いになりました」

勘兵衛は眉間に縦皺を寄せる。

「手仕舞いか」

「はい、屍骸《むくろ》のそばに半分焼けた提灯が落ちており、提灯には水戸家の葵紋が書かれてあったとのはなしもござります」

　されど、町方風情が御三家に疑いを掛けるのはもってのほかゆえ、調べを進めていた廻り方に上から探索無用とのお達しが出されたらしい。

「臭うな」

　自刃した和久井兵庫は水戸藩の作事方で、法外な賄賂を貰って畳屋に便宜をはかった罪を負わされた。

「その畳屋こそ、金田屋庄兵衛にほかなりませぬ」

「もしや、畳奉行も兼ねた上水奉行とは」

「片瀬與左衛門、和久井さまの口から出た御仁にござります」

　片瀬はどうやら、つぎの作事奉行と目されるほどのやり手らしい。

「ふうむ、金田屋を調べてみねばなるまいか」

　腕組みをする勘兵衛の耳に、ぱりぱりと小気味よい音が聞こえてきた。

　三枚目の新海苔を、仁徳が美味そうに食べている。

「鯉四郎、酒を注いでくれ」

　勘兵衛は泣きそうな顔で、婿の鼻先に盃を差しだした。

五

——ごろっ。

虫起こしの雷が鳴った。

勘兵衛は銀次をともない、永代橋の桟橋で赦免船を待っている。

「薄曇りでござんすね」

十三年前に流人船を見送ったときは、川面《かわも》が霧に包まれていた。

船尾に立てられた白木綿の幟には「るにんせん」と書かれ、大きな幟だけが霧の狭間にいつまでも揺れていたのをおぼえている。

土手のほうから、船奉行の配下らしき役人が近づいてきた。

「本日、御赦免船はまいりませぬ」

勘兵衛は顔を曇らせる。

「何かあったのか」

「一昨夜、浦賀《うらが》沖で時化《しけ》に見舞われたそうです」

船が無事かどうかはわからず、乗っている者たちの安否も不明らしい。

いずれにしろ、浦賀番所へ寄港した形跡は今のところないという。

「詮方あるまい」

胸の裡《うち》で無事を祈りつつ、勘兵衛は桟橋を離れた。

「案じることはござんせん。岩吉は悪運の強い男ですから」

銀次に元気づけられた。

「あっしは婿さんのお手伝いに。旦那はどうなされます」

「ふむ、ちと行きたいところがある」

「承知しやした。お気をつけて」

向かうさきは東叡山《とうえいざん》寛永《かんえい》寺の北西、歩けばかなりあるので、桟橋から小舟に乗った。

大川をのんびりと遡上《そじょう》し、柳橋の手前から神田川へ舳先《みよし》を入れる。

和泉《いずみ》橋で陸《おか》にあがってからは、下谷《したや》御成街道をたどって上野広小路へ向かい、不忍池《しのばずのいけ》を左手に眺めながら、寛永寺の寺領を抜けていかねばならない。

谷中三崎《やなかさんさき》町の一角に、真言宗の小さな寺があった。

一礼して山門を潜り、急な石段を上って本堂へ向かう。

本堂の古い扁額《へんがく》には「天福寺」という文字がみえた。

境内の片隅には、見事な枝垂《しだ》れ梅が花を咲かせている。

参詣客どころか、人の気配すらもない。

勘兵衛は迷わずに歩を進め、阿弥陀堂の扉を開けた。

背後から陽光が射しこみ、薄暗い伽藍《がらん》を照らしだす。

目に飛びこんできたのは、須弥壇《しゅみだん》に安置された阿弥陀如来の立像だった。

手を合わせて拝み、大きく一歩進んで右手の小壁を見上げる。

「むう」

何度みても、唸ってしまう。

小壁に飾られた鏝絵には、大きな龍が描かれていた。

極彩色の龍が、雲海を枕にして寝そべっているのだ。

「岩吉が申すには、臥龍梅《がりゅうばい》から想を得たのだとか」

扉口から重厚な声が聞こえてきた。

気配もなくあらわれたのは、眉の白い住職である。

「長尾どの、ようこそお越しくだされた」

「しばらくぶりにござります」

「先回は秋口であったかな」

「いかにも」

「臥龍梅のはなしは」

「初耳にございます」

「さもあろう。十三年も忘れておったのじゃ」

「臥龍梅と申せば、亀戸の梅屋敷にございますな」

「今が盛りであろう。まだ、ご覧になっておらぬようじゃな」

「はい」

毎年かならず見物に行く。鏝絵のとおり、見事な花を咲かせた古木のすがたは、天空でうねる龍のすがたそのものであった。

「臥龍梅と名付けたお方は、水戸光圀《みつくに》侯であらせられる」

住職のことばに、はっとさせられた。

あまりに有名な逸話を失念していたのだ。

岩吉が仕上げた龍と水戸光圀侯が命名した臥龍梅、さらには、自刃した水戸藩の藩士との奇妙な関わり、何もかもが因縁めいているとしかおもえない。

「じつは、岩吉が戻ってまいります」

「ふむ、そうであろう」

勘兵衛のことばに、住職は意外な反応をしめす。

「わかっておられたのですか」

「何日かまえに、夢のお告げがあった」

　阿弥陀如来の導きがあるかもしれぬとおもっていたらしい。

「岩吉は人を殺めた。されど、十三年の島暮らしは永すぎる。罪は充分に償ったはずじゃ。阿弥陀如来は衆生に分け隔て無く運を与えてくださる。岩吉も失った運を取りもどさねばならぬ。いや、望むと望まざるとにかかわらず、失われた時を取りもどすことになろう」

　そうなってほしいと、勘兵衛は心の底から願った。

　赦免船の到着が時化で遅れるのはよくあるはなしだ。まちがいなく、無事でいてくれよう。阿弥陀如来の導きで、岩吉はここに戻ってくるはずだ。

「そう言えば、先日、月代侍がひとり訪ねてまいった」

　住職は首をかしげる。

「浅黄裏の着物を纏っておったゆえ、どこぞの勤番侍であろう。誰から聞いたかわからぬが、鏝絵を拝みにまいったと申す。しばらく鏝絵を見入っておったが、満足した顔で帰っていきおった」

「若い侍にござりますか」

「ふむ、眉間の黒子を自慢しておった。辻占の観相では、地紋《じもん》と称される大器晩成の相じゃとか。それゆえ、おぬしより立派な黒子を持つ男を知っておると、わしは言ってやった」

「もしや、わたしのことでは」

「そうじゃ、おぬし以外に誰がおる。地紋を持つのは、うぽっぽと綽名される不浄役人じゃと申したら、是非とも会ってみたいと眸子を輝かせておった」

おみつの見世で団子を食べていた侍であろうか。

顔つきはおもいだせぬが、眉間の黒子だけはおぼえている。

何故、わざわざ天福寺の阿弥陀堂を訪れたのか。

できれば、本人に尋ねてみたいとおもった。

「長尾どの、いつぞやか仰ったな。罪人の仕上げた鏝絵の噂がひろまれば、残された者が不幸になるかもしれぬ。だから、そっとしておいてほしいと」

「たしかに申しました」

「その気持ちは、今も変わらぬのか」

「えっ」

「岩吉が戻ってくるのであろう。それを娘に伝えずにおけるのか。会いたくとも、岩吉は首を縦には振るまい。さようなこと、わかっておるではないか。父と娘を対面させるかどうかは、おぬしの一存に掛かっておるのじゃ。されど、おぬしの一存でさようなことを決めてよいのか」

「されば、どうせよと」

「わしは知らぬ。御仏のお導きに従うしかあるまい」

住職は阿弥陀如来を拝み、経を唱えはじめた。

勘兵衛もおもわず、両手を合わせて眸子を瞑《つぶ》る。

何者かの気配を察し、眸子を開けて小壁を見上げれば、鏝絵の龍がぎらついた眸子で睨みつけていた。

六

如月《きさらぎ》二日は灸饗《やいとぎょう》、健脚を保つべく膝下三里の絶骨に灸《きゅう》を据える。

この日は子どもにも灸を据えるため、露地裏のそこいらじゅうに泣き声や叫び声が響いていた。さらに、今日は出替わりの日でもあり、霊峰富士を遥かにのぞむ日本橋には越後《えちご》や信濃《しなの》などから出稼ぎにきた連中が名残を惜しむかのように集まっている。

椋鳥《むくどり》と呼ばれる出稼ぎ人たちを尻目に、勘兵衛は急ぎ足で大路を北へ向かった。

筋違御門前の八辻原《やつじがはら》を横切り、神田川に架かる昌平橋を渡って、湯島から本郷小石川へと進み、駒込追分からは左手の丸山新道をたどって白山権現の門前へ向かう。

いつ来ても参詣客が絶えない理由のひとつは、境内の奥に熔岩を積んで築いた富士山が聳《そび》えているからだ。浅間《せんげん》神社の分社もあり、山頂まで登れば本物の富士山に登ったのと同じだけのご利益が得られるという。

もちろん、勘兵衛の目的は紛《まが》い物の富士山ではない。

岩吉の安否が不明のなか、おはるの様子を窺いにやってきたのだ。

水茶屋にたどりついてみると、床几に座る客はひとりもいなかった。

見世先におはるのすがたはなく、竹色の幟だけが虚しげに揺れている。

もしや、恐れていたことが起こったのであろうか。

おはるの父親は人殺しという噂が広まり、舞いこんでいた縁談がことごとく破談したのではあるまいか。

悪いほうにばかり考えてしまう。

「いけねえな」

と、つぶやき、見世の奥を覗いてみると、おみつが褥《しとね》に臥していた。

「ん、どうした」

雪駄を脱いで床にあがり、褥の脇へ身を寄せた。

おみつは夥《おびただ》しい汗を掻き、苦しげに唸っている。

額に手を当ててみると、焼けるように熱かった。

「これはまずいぞ」

立ちあがりかけると、弱々しく腕を摑《つか》まれる。

「……う、うぽっぽの旦那ですか」

「おう、そうだ」

「……ご、心配なく。ただの風邪ですから」

「町医者を呼んでくる」

「……お、おはるに行かせました」

「そうか。よし」

かたわらに、水桶と使いかけの手拭いが置いてあった。

勘兵衛は手拭いを濡らして絞り、おみつの額に載せてやる。

「……も、もうすぐ……あ、あいつらがやってきます」

「伊六たちか」

「……は、はい」

「ちょうどよい。はなしはつけておくゆえ、おぬしは休んでおれ」

「……す、すみません」

蚊の鳴くような声で謝り、おみつは目を瞑る。

外へ出てみると、伊六が破落戸どもをしたがえてあらわれた。

伊六たちの後ろには、大柄な定廻りが立っている。

「奥目の甚内か」

金壺眸子《かなつぼまなこ》で睨みつけてくるのは、胴抜きの達人としても知られる高木甚内であった。

「けっ、老い耄れがひとりいやがった」

痰《たん》を吐いた定廻りに、勘兵衛は静かに問いかける。

「おなご相手に、ちと大袈裟《おおげさ》すぎやせぬか」

「見廻りのついでさ」

「ふうん、見廻りなんぞ止めて、大名行列でもやったほうがよさそうだな」

「けへへ、せいぜい憎まれ口を叩いてな。老い耄れに用はねえんだ」

「おみつは風邪で臥しておるぞ」

「そうかい。なら、看板娘を攫《さら》っていくとするか。くふふ、冗談だよ。今日はとある旦那に頼まれてな、おはるにいい話を持ってきたのさ」

「いい話だと」

「へへ、聞きてえか。邪魔しねえと約束するなら、教えてやってもいいぜ」

「もったいぶらずに聞かせてみろ」

眸子を細めると、高木はすんなり喋った。

「良縁だよ。畳屋の旦那がおはるに岡惚れしちまってな、どうしても妾にしてえらしい」

「妾だと」

「そうよ。金持ちの妾になりゃ、安楽な暮らしができる。罪人の娘にとってみりゃ、これ以上のはなしはねえ」

「てめえ、何を企んでいやがる」

「仲を取りもってやるだけさ」

どうせ、口利き料が目当てであろう。妾話を断れば、父親の素姓をばらすと後見人のおみつを脅し、強引にはなしをまとめる気にちがいない。

くくと、高木はふくみ笑いをしてみせる。

「御赦免船は何処《どこ》かに消えちまったらしいな。たとえ岩吉が帰らぬ人となっても、やっちまった罪が消えるわけじゃねえ。噂ってのは火がつけば、あっという間に広がる。ちんけな団子屋なんぞ、ひとたまりもねえってはなしだ」

良縁に恵まれるどころか、おみつとおはるは路頭に迷うことになるだろう。

「世間の風は冷てえ。そんなことは、あんたがいっちよく知っているはずさ。なあ、うぽっぽさんよ、余計な首は突っこまず、早々に消えてくれ」

「噂が広まれば、おめえだって困るはずだ。何しろ、強請のねたを失っちまうわけだからな。妾話もご破算になるかもしれねえ。おめえは儲け損なうってわけだ」

「うるせえ、下手に出りゃいい気になりやがって。爺はすっこんでろ」

よほど邪魔をされたくないらしい。

どうも裏がありそうだなと、勘兵衛は勘ぐりはじめた。

「高木よ、何を恐れている」

「何だと」

「むきになったな。そいつが恐れている証しだ。おめえ、何かやったな。痛え腹を探られたくねえんだろう。だから、岩吉のことをちらつかせて、おれが口を挟まねえようにしてんじゃねえのか」

「勝手にほざいてろ」

怒鳴りつけられ、勘兵衛はぱんと膝を叩いた。

「おもいだしたぜ。十三年前、駆けだしの廻り方だったおめえは、惨劇のあった料理茶屋へまっさきに駆けつけた。岩吉に縄を打ったのも、高木、たしかおめえだったな」

「それがどうした」

「おめえも岩吉みてえに、十三年前の因縁に縛られているんじゃねえのか」

「どういうことだ」

「さっき、おめえは口を滑らせたな。おはるに岡惚れしたのが畳屋だと言った。それでぴんときたのさ。岩吉が殺めた相手も畳屋だった。忘れもしねえ、田中《たなか》屋《や》庄《しょう》五郎《ごろう》さ。酔った勢いで芸者を手込めにしかけ、逃げた芸者を追って大階段から落ちやがった。何を隠そう、その芸者ってのは奥で臥しているおみつのことだ。死んだ旦那の情けねえ噂が広まったら、遺された者は世間に顔向けできねえ」

勘兵衛は高木の反応を窺いながら、声音を一段と低くする。

「田中屋が死んだ翌日、内儀がわざわざ八丁堀の組屋敷を訪ねてきた。旦那が死んだ経緯は黙っていてほしいと言ってな、二十両もの口止め料を置いていこうとしたのさ。もちろん、おれは断った。金なんぞ貰わずとも、余計なことは喋らねえと、内儀に固く誓った。自慢話じゃねえぜ。十手持ちとして、当然のことをしたまでだ。内儀はたぶん、おめえのもとにも行ったにちげえねえ。口止め料を提示され、おめえは拒まなかった。それどころか、田中屋を小遣い稼ぎの手蔓にしようと考えた」

「おっと待て。下司《げす》の勘ぐりはそのくれえにしときな。おれに妾話を持ちかけてきたのは、田中屋じゃねえ。御三家にも出入りを許された立派な畳屋でな、つきあう相手は身分の高えお偉方ばかりだ。腕の立つ浪人を雇うこともできる。不浄役人のひとりやふたり、畳屋にとったら屁でもねえんだぜ」

「脅す気か」

「ああ、そうさ」

「ふん、ずいぶんありがたい金蔓をみつけたもんだな」

「悪いことは言わねえから、おとなしくしときな。下手に動けば、後生楽に歩きまわっていられなくなるぜ」

険悪な空気になったところへ、おはるが町医者を連れて戻ってきた。

「ふふ、帰えってきたな。おはるよ、おめえの面倒はおれさまがみてやる。なあに、遠慮することはねえんだぜ」

高木は蛇のような目でこちらを睨み、破落戸どもをしたがえて踵《きびす》を返す。

おはるは勘兵衛にお辞儀をし、医者の手を引いて奥へ引っこんだ。

「畳屋か」

御三家にも出入りを許された畳屋とは誰なのか、勘兵衛は正体を知りたくなった。

七

二日後、夕刻。

初午《はつうま》は稲荷《いなり》の祭り、洟垂《はなた》れどもが小銭や菓子を貰うべく張りぼての狐を掲げ、町人地の露地裏を駆けめぐっている。勘兵衛はかんから太鼓の音色を聞きながら、浅草の北外れにある橋場《はしば》まで足を延ばした。

源頼朝に縁のある真崎《まさき》稲荷の境内には、吉原の花魁《おいらん》との仲を取りもつ茶屋が何軒か並んでいる。

「畳屋が馴染みにしているのは、川口屋《かわぐち》だったな」

かたわらの鯉四郎に確かめると、強張った顔でうなずいた。

「どうした、緊張しておるのか」

「はい、少し」

「川口屋の大女将はおなおと申してな、まったく知らぬ仲ではない。何なら、大籬《おおまがき》の花魁と顔見世でもさせてもらうか」

「とんでもございません。これは御役目にございます」

「ふふ、あいかわらず無粋な男だな、おめえは」

鯉四郎は辻斬りに斬られたとされた名主たちのことを探り、見過ごすことのできない事実をみつけた。

関口水道町の藤兵衛と小日向水道町の長七は、同じ夜に同じ場所で斬られていたのである。場所は橋場とさほど離れていない。今戸橋の桟橋に近い土手下だ。勘兵衛は鯉四郎の案内で、殺しのあった場所に立ち寄ってきた。

藤兵衛と長七は徴収された白堀通浚賃銭の公平な分配を求め、定請負人の金田屋庄兵衛を訴えた。ただし、幕府の普請奉行によって取りあげられた形跡はない。訴えはおそらく、武家組合の束ね役でもある水戸藩の役目筋にまわされたのであろう。役目筋というのは、金田屋の後ろ盾でもある上水奉行にほかならなかった。

訴えの数日後、藤兵衛と長七はふたりいっしょに不審な死を遂げた。夜道で辻斬りに斬られたと聞いて、疑いを抱かぬ捕り方はおるまい。訴えたことと不審死を繋げて考えたくなるのは、十手持ちなら当然のはなしであろう。

火灯し頃まで少し間があるせいか、境内にやってくる人影はまばらだ。

躊躇《ちゅうちょ》する鯉四郎を尻目に、勘兵衛は気軽な調子で川口屋の敷居をまたいだ。

「いらっしゃいまし」

内証のほうから、女将のおなお本人がやってくる。

「あら、うぽっぽの旦那じゃござんせんか。ずいぶん、お見限りでしたこと」

「あいかわらず、色っぽい流し目だな。吉原に根の生えた大年増にゃみえねえ」

「あいかわらず、口の悪い旦那だこと。今宵はどちらへ」

「残念ながら、遊びじゃねえんだ」

「御用向きでおみえになったことなんぞ、ありましたっけ」

「おいおい、婿のまえで戯《ざ》れ言を申すな」

「おや、そちらはお婿さんですか」

「ああ、そうだ。綾乃はこいつに嫁いでな、五つの孫までいるんだぜ」

「うぽっぽの旦那にお孫さんが。そいつは驚き桃の木でござんすねえ。ま、立ち話も何ですから、どうぞ」

おなおは如才なく振るまい、大川のみえる離室《はなれ》に導いてくれる。

「へへ、女将はな、清元《きよもと》のお師匠さんなんだぜ」

「はあ」

鯉四郎が惚《ほう》けた顔でうなずくと、女将は流し目を送ってきた。

「よろしければ、あとで弾いてさしあげますよ」

「高くつくから、止めておこう」

「ふふ、旦那にゃさんざんお世話になりましたから、お金はいただきません」

「ありがてえな。只なら、田楽も貰うとするか」

「すぐにご用意いたしますよ」

女将は手を叩き、若い消炭《けしずみ》に酒肴の仕度を命じる。

勘兵衛と鯉四郎は、床の間を背にした上座に並んで座った。

さきほどの消炭が、膳を掲げた廻しの連中をしたがえてくる。

ふたりの膝前には蝶足膳が並び、さっそく女将の酌で一杯呑んだ。

「ほら、返盃」

「ありがとうござります」

おなおは盃をかたむけ、こくっこくっと喉を鳴らす。

さすがに首の皺までは隠せぬが、酒を呑む仕種は艶めかしい。

「ところで、何のおはなしです」

「暮れのはなしさ。畳屋の宴席がなかったか。主役は水戸藩の侍だ」

「ござりましたよ。でも、何をお知りになりたいんです。お客様のことでしたら、たとえ旦那でも、何から何までおはなしすることはできませんよ」

「さすが、口の堅《かて》え女将だな。馴染みの客が離れねえわけだ。でもな、この件にゃ殺しが絡んでいる。こっちが問うたことには、正直にこたえてもらわなくちゃならねえ」

「承知しましたよ」

殺しと聞いても、百戦錬磨の女将はまったく動じない。

豆腐田楽の湯気が膳から立ちのぼっている。

勘兵衛は平板な口調で語りはじめた。

「ほとけはふたりの名主でな、今戸橋のそばで辻斬りに斬られたことになっている」

女将の顔から、すっと表情が消えた。何かを知っているのだろう。

「斬られたのは真夜中過ぎだが、猪牙《ちょき》の船頭が遠目にみていた。名主たちは猪牙に乗るために桟橋へ近づいた。そこを待ちぶせされたにちげえねえ」

「待ちぶせ」

「ああ、そうだ。殺ったのは辻斬りじゃねえ。船頭は逃げた男の人影を見定めたあと、急いで駆けつけた。そこで、燃えかけた破れ提灯をみつけたそうだ。たぶん、名主のひとりが提げていたんだろう。提灯は半分だけ焼けずに残っていた。何故かと言えば、抛《ほう》られた草叢《くさむら》が夜露に濡れていたからだ」

「ずいぶん、提灯を気になさっておいでで」

「提灯で餅を搗《つ》くってか。おなおよ、おれを年寄り扱いするんじゃねえぞ」

「誰もそんなこと。ご冗談はおやめくださいな」

「ふふ、提灯のはなしは仕舞いじゃねえ。船頭によれば、水戸さまの葵紋が書かれていたというのさ。船頭は商売柄、御三家の家臣たちを何人も猪牙に乗せてきた。だから、家紋の区別が容易についた」

「どうして、名主どんが水戸さまの紋が入った提灯を」

「目印だったのかもしれぬ。斬る相手をまちがえぬための小細工さ」

「そんな……」

おなおは絶句する。

顔色の変化を、勘兵衛は見逃さない。

「ひょっとして、提灯を渡したのはおめえか」

「えっ」

「そうなんだな」

「……は、はい」

おなおは俯き、声をわずかに震わせた。

「まさか、おふたりがあんなことになろうとは、おもってもみませんでした」

「名主たちは、畳屋の宴席に招かれていたのだな」

「ええ、仰るとおりです」

　訴えた相手から招かれていたとするならば、理由はひとつしかない。名主たちは金田屋庄兵衛から和解の申し出を受け、指定された川口屋へやってきたのだ。宴席には水戸藩の家臣も招かれていた。上水奉行と畳奉行を兼ねた片瀬與左衛門である。名主たちは好条件を提示され、訴えを取りさげてほしいと頼まれた。折りあいがついたところで宴となり、呑み食いの接待を受けたのである。

「あげくに、名主たちを吉原の見世で遊ばせてやってほしいと、おめえは畳屋に頼まれた。もちろん、断るわけがねえ。そいつが商売だからな」

「ええ、馴染みのお見世に連絡《つなぎ》を取り、みなさまを宿駕籠《しゅくかご》でお送りいたしました。そのときに提灯を」

「畳屋に渡せと言われたのかい」

「はい」

　ふたりの名主は吉原の小見世で花魁を侍《はべ》らせて遊び惚け、ほろ酔い気分で日本堤を歩いて戻り、猪牙を仕立てる寸前に斬られた。提灯は数あれど、水戸葵の提灯を手にした町人はまずいない。待ちぶせしている者も、よもや、みまちがえることはなかろう。

かりに、提灯が死人のそばでみつかったとしても、御三家絡みとわかれば、町方も執拗な調べはしなくなる。そこまで読んだうえでの凶行だったにちがいない。

「そいつが、おれの筋読みだ。安心しろ。客に提灯を手渡したくれえで、おめえを裁きゃしねえよ」

「でも、何だか胸が痛みます」

俯くおなおを眺めつつ、鯉四郎は熱々の豆腐田楽を頬張った。

熱すぎたのか目を白黒させ、水の代わりに冷めた酒を流しこむ。

「へへ、美味えだろう。川口屋の豆腐田楽は天下一品なんだぜ」

真っ赤になった鯉四郎の様子が可笑《おか》しいのか、女将はひとしきり笑って陽気さを取りもどした。

勘兵衛も豆腐田楽の串を手に取り、口をはふはふさせながら食べてみせる。

「あいかわらず、美味えな。出汁の味がたまらねえ。ところで、金田屋庄兵衛ってのはどんな野郎なんだ」

「優男ですよ。ここだけのはなし、金払いはきれいなほうじゃござんせん。花魁の好みもうるさくて、敵娼《あいかた》を何度も替えさせられました」

「無粋な野郎じゃねえか」

「まあ、そうですね」

「なら、水戸の畳奉行はどんな野郎だ」

「威張りくさったお役人ですよ。でも、床のうえでは役立たずだとか。それこそ、提灯で餅を搗く……あっ、こんなことをばらしちゃいけませんね」

「聞かなかったことにするさ」

「殺しのあった翌朝、定廻りの旦那が訪ねてこられましてね、わたしは遠慮させてもらいましたけど、うちの消炭がほとけの面通しをさせられたんです」

「おっと、そうだったのか」

「ほとけはふたりとも、脇腹をばっさり斬られていたそうです」

「何っ、脇腹をばっさりだと」

かたわらの鯉四郎も身を乗りだしてくる。

胴抜きを得手とする定廻りの顔をおもいだしたのだ。

おなおは、ぶるっと身を震わせる。

「辻斬りの仕業だから、名主たちのことは忘れろと、定廻りの旦那は仰いました」

「口止めされたのか。面通しをやらせたな、どんな野郎だ」

「金壺眸子の旦那です」

「なるほど、やっぱりあいつか」

勘兵衛は鯉四郎に目配せを送る。

ふたりの名主を斬ったのは、高木甚内かもしれない。もちろん、片瀬と金田屋に頼まれたのだ。不浄役人が金に目がくらんで殺しを請けおった。そんなはなしが世間に知れたら、町奉行は面目を失うことになる。

慎重にならねばと、勘兵衛はみずからを戒めた。

「もうひとつ、金田屋さんのことで言い忘れました」

おなおの口は、すっかり滑りがよくなっている。

「金田屋の読みは『かねだや』じゃなくて『かなたや』だと教わり、めずらしいですねって申しあげたんです。そうしたら、ご先代が十年余り前に不幸な死に方をしたので、見世の名を変えたんだって、金田屋の旦那は仰いました。運がひっくり返るように、前の屋号をひっくり返したんだとか」

「『かなた』をひっくり返せば『たなか』になりますね」

と、鯉四郎が言った。

金田屋庄兵衛の父親は、岩吉に刺されて死んだ田中屋庄五郎にちがいない。

「ふうむ」

運命の糸車は、十三年前からまわりつづけているのか。

勘兵衛は低く唸り、思案投げ首で考えこんだ。

八

金田屋は田中屋の看板を掲げていた先代の頃から、定請負人として上水に関わる煩雑な役目を担っていた。片瀬與左衛門が作事方の組頭から畳奉行兼上水奉行に昇進したのは、詳しく調べてみると、十四年前のことだった。それと時を同じくして、田中屋庄五郎も水戸藩の御用達《ごようたし》になっていた。

「偶然とはおもわれませんな」

鯉四郎もつぶやくとおり、奸臣《かんしん》と悪徳商人の腐れ縁は田中屋の頃からつづいていたのだろう。

先代の庄五郎は御用達になった翌年に料理茶屋で岩吉に刺されて死に、後を継いだ倅《せがれ》の庄兵衛は見世の屋号を変えて腐れ縁をつづけた。もちろん、片瀬與左衛門にとって都合の良い男だったがゆえに、御用達の地位に留まることができたのだ。

ところが、秘かにおこなっていた不正が表沙汰になりかけた。

ひとつは水戸藩邸に納品される畳表に関して、作事方の和久井兵庫が法外な賄賂を貰って畳屋に便宜をはかったものとされ、みずからの潔白を証明すべく、公衆の面前で命を絶った出来事である。

偶さかその場に居合わせた勘兵衛は、盾に取られた童女を救うべく、和久井に不正の真相を調べると約束した。調べてみると、水戸藩内では畳表に関する不正はなかったことにされ、和久井の死は乱心による自刃として片付けられていた。水戸藩の内々に関することなので、これ以上は町方として動きようがない。

さらにもうひとつは、白堀通浚賃銭の公平な分配を求めて訴えを起こした名主たちが不審な死を遂げたことだ。辻斬りの仕業とされた凶事は、片瀬や金田屋の企てた殺しの疑いが出てきた。こちらは町方の領分なので、探索を止めるつもりはない。

いずれにしろ、ふたつの出来事は裏で繋がっており、水戸藩の重臣と御用達が元凶である公算は大きくなった。さらには、南町奉行所の定廻りが私欲のために汚れ仕事を請けおった疑いも生じている。

「されど、証し立ては難しい」

すべては邪推の域を出ず、通浚賃銭の実情がわかる裏帳簿でも入手しないかぎり、評定の場で裁くことはできそうになかった。

多くの不正や悪事は、こんなふうにしてお蔵入りになる。

勘兵衛が自嘲まじりに吐きすてると、鯉四郎は険しい顔つきになった。

「虚しいはなしよ」

「大筋はわかっているのに、どうにかならぬのでしょうか」

高木甚内の高笑いが聞こえてくるかのようだ。どうにかしたいのは山々だが、長年の経験に照らしあわせてみると、ここらあたりが限界のようにも感じられた。

「門倉《かどくら》さまにご助力願うか」

勘兵衛の口から漏れた相手は、吟味方与力の門倉角左衛門《かくざえもん》である。

南町奉行の根岸肥前守鎮衛《ねぎしひぜんのかみやすもり》を補佐する内与力から、花形の吟味方与力に抜擢《ばってき》された。それだけ有能な人物ということだが、生え抜きの連中には反感を抱く者も多い。いずれにしろ、廻り方で浮いている勘兵衛にとって、唯一とも言うべき理解者であった。

さっそく数寄屋橋御門内の南町奉行所へ向かうと、約束もしておらぬのに会ってもらえることになった。

黒い渋塗りに白漆喰《しろしっくい》の海鼠《なまこ》塀、見上げる者を萎縮させる正門は苦手だが、覚悟を決めて潜り、青板の敷石を踏みしめて玄関の式台へ向かう。

檜《ひのき》の香りが漂う玄関で雪駄を脱ぎ、当番の若い与力に来訪を告げると、さっそく廊下の奥へ案内してくれた。通されたのは吟味方のほうではなく、内々の用向きがあるときにだけ使う内与力の御用部屋である。

殺風景な部屋でしばらく待っていると、馬面の門倉が与力らしく裃《かみしも》姿でやってきた。

「めずらしいではないか、おぬしから会いに来るとはな」

「突然に申し訳ございませぬ」

「町方のくせに、よほどのことでもないかぎり、おぬしは奉行所へ顔を出さぬ。ここで会っておかねば、あとで後悔せぬともかぎらぬゆえ、ほかの用事を放りだしてまいったのじゃ」

笑いながら恩着せがましい台詞を吐き、門倉は「よっこらしょ」と言いながら上座に腰を下ろす。

しばらく会わぬあいだに、腹の肉が太鼓のように迫りだしていた。

「気になるか」

「ええ、少し」

「一日中座っておると、こうなるのさ。おぬしを見習って、ちと歩くとするかな」

「それがようございます」

「御奉行にも、てくてく歩けと言われたわ。ならば、吟味の数を減らしてほしいと申すわけにもいくまい。誰よりも忙しくしておられるのは、御奉行ゆえな」

「頭が下がるおもいにござります」

「で、はなしとは何じゃ」

「なれば、さっそく」

牛天神で自刃した水戸藩士のはなしからはじまって、水戸藩の奸臣と御用商人が上水処理の件で不正をはたらいている節があることや、今戸橋のそばで斬殺された名主たちとの関わり、さらには、十三年前に起こった凶事で島流しになった岩吉が赦免船で戻ってくるはなしにいたるまで、勘兵衛はかいつまんでわかりやすく説いた。

門倉はしばらく眸子を閉じて耳をかたむけていたが、予想どおり、色よい返事はしない。

「名主ふたりが何らかの意図で殺められたとするなら、おぬしの申すとおり、見過ごすわけにはまいらぬ。されど、斬ったのが定廻りの高木甚内ならば、身内でもあるし、下手に調べれば墓穴を掘ることにもなりかねぬ。そもそも、脇胴を抜かれた手口だけで高木がやったと決めつけるのはどうであろうか。無論、おぬしの勘働きを信じるのは吝《やぶさ》かでないが、もっと確かな証しがほしいところじゃ」

「殺しを頼んだとおぼしき畳屋を捕まえて責め、口書《くちがき》を取る手もござります」

「それが悪手なことは、おぬしもわかっておろう。いずれにしろ、表沙汰にはできぬ案件じゃ。水戸藩の目付筋にでも知れれば、面倒臭いことになるぞ」

「はい、承知しております」

「言うても詮無いことかもしれぬが、あまり深入りせぬことだ。ほどほどのところで見切りをつけよ。そうさな、節気が変わるまでに目途がつかねば、あきらめてもらうしかあるまい」

啓蟄《けいちつ》から春分に変わるまでは、実質、あと八日ほどしかない。

焦りは募るものの、この場で探索の打ち切りを命じられるよりはましだった。

事前に流れを知っておいてもらえば、いざというときに手を差しのべてくれる。それが門倉という与力なのだ。

「ところで、御赦免船の行方はまだわからぬのか」

「わかりませぬ」

「おぬしは、その岩吉なる者に戻ってきてほしいのだろうが、まんがいち、岩吉が娑婆に戻って十三年前の亡霊をみるようなことにでもなれば、新たな厄介事が起こらぬともかぎらぬぞ」

じつは、勘兵衛もそのことを憂慮していた。島流しの原因をつくった畳屋の倅は水戸藩の奸臣と結託して悪事をはたらいており、あろうことか、愛娘のおはるを強引な手管で妾にしようとしているのだ。

なるほど、自分が岩吉なら、凶行に走るかもしれない。

「わしにはどうも、そっちのほうが気になる」

「仰せのとおりにござります」

勘兵衛はうなずき、はなしを聞いてもらった礼を述べると、御用部屋から退出した。

九

その夜、不安は的中した。

畳屋の金田屋庄兵衛が、花街の辻で何者かに刺されたのだ。

幸いにも軽傷で済んだらしいが、翌朝、銀次から由々しいはなしを聞かされた。

庄兵衛を刺した凶器が、泥大工の使う鏝だったというのである。

「岩吉か」

勘兵衛は吐きすてると、押っ取り刀で金田屋に向かった。

金田屋は田中屋と号していた先代の頃より、安藤坂の中腹に店を構えている。

水戸屋敷にも牛天神にも近く、坂を上ったさきには伝通院の表門が聳えていた。

銀次を連れて訪ねると、伝通院の異名を持つ岡っ引きの伊六が上がり端に座り、暢気《のんき》に煙管《キセル》を喫《ふ》かしている。

「おや、うぽっぽの旦那じゃござんせんか。血相変えて、どうなさったんです」

「金田屋の容態はどうだ」

「ほんの掠《かす》り傷でござんすよ。ご心配なら、本人をお呼びしやしょうか」

伊六が呼ぶまでもなく、奥から右腕を布で大袈裟に包んだ庄兵衛があらわれた。

頰の垂れた狸《たぬき》顔にでっぷりと肥えたからだつき、十三年前に拝んだことのある父親の庄五郎とそっくりだ。

「驚いたな、死んだ父親に生き写しじゃねえか」

「おや、手前どもの先代をご存じなのですか」

庄兵衛は板の間に膝をたたみ、三白眼に睨みつけてくる。

勘兵衛は三和土《たたき》に立ったままでこたえた。

「安心しろ、親しい仲じゃねえ」

「ふふ、噂どおり、口の悪い旦那のようだ」

「誰の噂だ。奥目の甚内か。あやつとおぬしの腐れ縁も永かろうからな」

「それこそ、先代からのおつきあいで、よくしていただいております」

「金轡《かなぐつわ》を嵌《は》めたとおもってんのは、おめえだけかもしれねえぜ。高木は賢い野郎だ。担いだ神輿が危ういとみれば、迷わずに見切りをつけよう。どぶ板一枚下は地獄という格言もあるからな、せいぜい気をつけな」

「それで、御用は何でしょうか」

「見舞いに来てやったのさ。刺されたのは、昨日の晩か」

「ええ、柳橋の茶屋で宴席がございましてね。夜風に当たりながら、歩いて帰ろうとおもったのがまちがいだった」

辻で何者かに襲われ、腹を刺されそうになったが、咄嗟《とっさ》に右腕で庇《かば》ったおかげで大事にならずに済んだという。

「相手をみたか」

「夜目でしたし、賊は頭巾をかぶっておりましたもので、顔つきまではわかりませぬ」

「そやつ、得物を捨てて逃げたらしいな」

「ええ、泥大工の使う鏝が道端に転がっておりました。手前を壁とまちがえるなんて、そそっかしいにもほどがある。勘弁してほしいものです」

「戯れ言を吐く余裕があんじゃねえか。はなしは変わるが、おめえ、団子屋の看板娘に岡惚れしたんだって」

「ふふ、さすが早耳でいらっしゃる。見初めたのは、おはるという娘でしてね」

「おめえ、妻子持ちなんだろう」

「ええ、それゆえ、おはるには妾になってほしいのです。もちろん、住む家は用意いたしますし、給金も弾むつもりでおります」

「おはるが嫌だと言ったらどうする」

「さて、どういたしますか。できるかぎりの誠意をみせるしかございませんね」

「誠意か、ふん、強欲な商人の使うことばだな」

勘兵衛は苦虫を嚙みつぶしたような顔をする。

「どうして、おはるに目をつけた。看板娘なら、ほかにも大勢いるだろう。ひょっとして、父親を殺めた男の娘だからか」

「さあ、どうでしょう」

庄兵衛は首をかしげ、眸子を細める。

「たしかに、病で逝《い》った母親は、島送りになった泥大工をたいそう恨んでおりました。だからといって、手前が娘を恨む理由はない」

「ただの岡惚れだと言いたそうだな」

「もちろんにございます。おはるとお知りあいなら好都合、長尾さまからもお口添えくださいな」

「御免蒙《ごめんこうむ》る」

吐きすてるや、勘兵衛は一歩踏みだし、脇差を抜いた。

――しゅっ。

庄兵衛の右側頭を狙って、白刃を水平に走らせたのだ。

あっと、声をあげる暇もない。

庄兵衛はおもわず、右腕を庇うように持ちあげた。

勘兵衛は一歩退がり、脇差を納刀する。

「……い、いったい、何のまねです」

語気を強める庄兵衛に、勘兵衛は笑いかけた。

「その右腕、軽々と持ちあげられんじゃねえか。鑓で刺されたんなら、そこまで高くは持ちあげられねえはずだ」

「えっ」

「布を解いて、傷口を調べてもいいんだぜ」

庄兵衛は黙った。

上がり端に座った伊六も顔色を失っている。

「猿芝居は止めな。おめえたちの考えていることは、だいたいわかる。江戸にいるはずのねえ男に罪をなすりつけ、黙っててほしけりゃ言うことを聞けと、おはるを脅す魂胆なんだろう。そんなことは、おれがさせねえ。おはるに指一本でも触れてみろ。長尾勘兵衛が容赦しねえからな」

老い耄れ同心の迫力に呑まれ、庄兵衛は俯いた顔もあげられない。

伊六は口惜《くちお》しそうに顔を歪め、貧乏揺すりをしはじめた。

悪党どもを脅しつけるのは、この程度にしておこう。

勘兵衛は踵を返し、銀次ともども畳屋に背を向けた。

十

八日は事納め、銀次がやってきて年神の棚を外してくれた。

ついでに、女房のおしまが作った六質汁《むしつじる》のお裾分けを持ってきてくれたので、勘兵衛は相伴《しょうばん》に与った。

銀次は女房のおしまに、芝居町で『福之湯《ふくのゆ》』という湯屋をやらせているのだ。

勘兵衛は三度の飯よりも朝風呂が好きなので、専用の刀掛けも設えてある。

六質汁は芋や牛蒡や人参などの根菜から鍋に入れ、焼き豆腐や蒟蒻や赤大豆をくわえて味噌で仕立てる。煮えにくいものから「おいおい」に鍋に入れて煮込むので、従兄弟《いとこ》煮などとも呼ばれていた。

おしまの作る六質汁は濃いめの味付けで、じつに美味い。

小鍋で温めなおし、椀に盛って食べると、からだがぽかぽか温まってくる。

銀次といっしょに一杯食べ終えた頃、鯉四郎が簀戸門から飛びこんできた。

「義父上、御赦免船がみつかりました」

「ん、まことか」

身を寄せた鯉四郎が、六質汁の残りを覗きこむ。

銀次が気を利かせ、新しい椀によそってやった。

「まあ、食え」

「はい」

鯉四郎は熱い汁をものともせず、瞬く間にぺろりと平らげてしまう。

「美味うございました」

「おしまの六質汁さ」

「それはどうも」

鯉四郎は銀次に一礼し、もう一杯食べたそうな顔をする。

「それで、御赦免船は無事なのか」

「はい、どうやら浦賀番所とのあいだで報告の行き違いがあったらしく、三日前の夕方には浦賀へ寄港しておりました」

嵐に遭って船体が損傷していたらしく、浦賀からさきへは進めず、乗っていた連中は番所で簡易な調べを受けたあと、浦賀奉行の裁量で放免されたという。ちょっとした行き違いで、そうした経緯が勘兵衛たちのもとへ届かなかったのだ。

「岩吉は江戸へ戻ったな」

「おそらくは」

安堵すると同時に、不安が募ってくる。理由はどうあれ、ちゃんと出迎えてやらないことには安心できない。岩吉がおはるの噂を聞きつけ、畳屋の命を狙わぬともかぎらぬからだ。

「行く先に、お心当たりはござりますか」

よほど腹が空いていたのか、鯉四郎は二杯目の六質汁もぺろりと平らげた。

勘兵衛は腕組みしながら、こっくりうなずく。

「ひとつだけ、立ちまわりそうなさきがある」

「どちらですか」

「谷中の天福寺だ」

「なるほど、鏝絵の寺ですね」

「ともあれ、今から向かってみよう。おぬしと銀次は品川へ向かえ。身寄りのいねえ島帰りはたいてい、宿場外れの木賃宿《きちんやど》に泊まる。無駄足かもしれぬが、当たってみる価値はあろう」

「かしこまりました」

鯉四郎と銀次は、簀戸門の向こうへ飛びだしていった。

勘兵衛はゆっくり腰を持ちあげ、大小を帯に差す。

外に出てみると、お天道様が高い空に輝いていた。

家々の大屋根には、先端に笊《ざる》を括《くく》りつけた竹竿が立てられている。天からの恵みを受ける揚げ笊は、事納めの風習だ。今日は針供養の日でもあり、軒先には折れ針を無数に刺した豆腐が置いてあった。

足は自然と速まり、途中から小走りになった。

昼の日中に岩吉が天福寺を訪ねるのは考え難い。

島暮らしの永い者が動くとすれば、暗くなってからだろう。

その程度は臆測できたが、勘兵衛は逸る気持ちを抑えきれない。

何せ、十三年ぶりなのだ。

帰らぬとあきらめていた岩吉が帰ってくる。仕事をきっちりこなす誠実で無口な男を知る者ならば、できるだけのことをしてやりたいとおもうはずだ。

おはるに会わせてやりたいと、勘兵衛は切実に願った。

恐がらずに会ってみろと、岩吉に言ってやるべきなのかもしれぬ。

世間など気にするなと、仁徳も言ってくれた。

ふるいに掛けて残ったなかに玉があるかもしれぬではないか。

あるかどうかもわからぬ良縁を期待するよりも、やはり、罪を償った父と片時も父を忘れたことのない娘は再会すべきなのだ。

さまざまにおもいをめぐらせながら、勘兵衛は天福寺の山門を潜りぬけた。

参道を途中で逸れ、まっすぐに阿弥陀堂へ向かう。

観音開きの扉の向こうは、いつものように薄暗い。

須弥壇に向かう丸御座には、住職が座っていた。

「長尾どのか。ついさっき、おぬしのもとへ使いを出したところじゃ」

「やはり、岩吉はここに」

「今朝早く、訪ねてまいった。生きているうちに来られるとは、おもってもみなかったと、泣きながら鏝絵を眺めておったわ」

「息災でしたか」

「見掛けはな。髪に白いものが混じっておったが、十三年前とさほど変わってはおらなんだ」

　それを聞いて、ほっとする。

「岩吉はな、七枚の文をたいせつに携えておった。いちばん古い黄ばんだ文をみせてもろうたが、達筆な字でこう記されておった。『息災か、おはるはすくすく育っておる。あきらめるなよ』とな。末尾には長尾勘兵衛と、おぬしの名が記されてあった」

　罪人に郷愁を抱かせぬよう、身内が文を出すのは禁じられている。そもそも、手間賃をつけて小者に文を預けても、荒れた海を無事に越えて本人のもとへ届けられるかどうかはわからない。そこは賭けのようなものだが、勘兵衛は駄目元で毎年文を出しつづけた。おそらく、十二枚出したうちの七枚が届いていたのだろう。

「岩吉はおぬしの文を後生大事に携えておった。文のおかげで生きてこられた。御赦免船の恩恵が得られたのも、おぬしのことばを信じ、あきらめなかったおかげだと、御仏に感謝の祈りを捧げておった」

岩吉にとって、長尾勘兵衛こそが阿弥陀如来だったのかもしれぬと、住職は言った。

「それゆえ、きちんと礼をせねばならぬぞと叱ったのじゃ。すると、岩吉はこたえた。おぬしに会えば、きっと愛娘にも会わねばならなくなる。それだけは断じてできぬ。自分は遠くから、おはるの幸せを眺めていたい。それを生きる寄る辺にしたいと、岩吉は言いおった。おぬしに伝えねばなるまいとおもうてな、使いを出したのじゃ」

「岩吉が何処に戻ったのか、おわかりになりませぬか」

「木賃宿に泊まっていると申したが、何処の宿場かはわからぬ。宿場でなくとも、木賃宿はあろうしな」

「そうですか」

「鏝は長らく握っておらぬと申しておった。あれだけの才を持っていながら、もったいないはなしじゃ。あと一度だけでも鏝絵を仕上げてはもらえぬかと頼んだら、岩吉は何もこたえず、ただ、嬉しそうに笑っておった」

勘兵衛は泣きたくなった。理由はよくわからぬ。岩吉が笑ったと聞き、抑えていた感情が大きく揺さぶられたのかもしれない。

阿弥陀如来に祈りを捧げ、勘兵衛は伽藍の外へ出た。

午後の日差しは眩しく、目を細めねば歩けぬほどであった。

十一

　夕刻までは自身番を何軒も訪ねて岩吉のことを伝え、見掛けたらすぐに教えてほしいと告げてまわった。

　薄暗くなってから八丁堀の家に戻ってみると、何者かが門脇に佇《たたず》んでいる。

　慎重に近づくと、相手は丁寧にお辞儀をした。

　持ちあげた顔の眉間には、小さな黒子がある。

「おぬしはたしか」

「村橋《むらはし》伝十郎《でんじゅうろう》と申します。おみつの団子屋で一度お目にかかりました」

「ふむ、そうであった。眉間の黒子でおもいだした」

「長尾さまのほうが、立派な黒子にござります」

「年を取れば黒子は大きくも濃くもなるゆえ、案じるにはおよばぬ」

「はあ」

　自分でも何を言っているのかよくわからない。

　どうしてこちらの素姓を知っているのか、肝心なことを聞かねばならぬと、焦りだけが慕った。

「じつを申せば、団子屋でお目に掛かる以前に、長尾さまをお見掛けしておりました」

「えっ」

「先月二十五日、牛天神にて水戸藩の和久井兵庫なる作事方が自刃いたしました。あのとき、それがしは野次馬のなかにおったのです。長尾さまは童女の命を救うべく、和久井を冷静に説きふせられた。それがし、やりとりの一部始終を拝見しておりました」

「ふむ、それで」

「生来の口下手ゆえ、上手く申せませぬが、このお方なら信をおけるかもしれぬとおもったのでござります。しかも数日後、それがしが足繁く通うおみつの団子屋でお見掛けした。あまりの偶然に驚き、腰が抜けそうになりました」

「ちょっと待て。おぬしは何者なのだ」

「申し遅れました。それがし、和久井兵庫の朋輩にござります」

「何っ、水戸藩の作事方なのか」

「はい。和久井の口から名が漏れた片瀬與左衛門の配下にござります」

「何と」

驚いて唾を呑みこむことしかできない。

「それがし、秘かに片瀬の不正を調べておりました。江戸にある当家の上、中、下屋敷には、九割方金田屋の手配した畳が敷かれており、膨大な費用の一部が金田屋から片瀬に口利き料として戻されております」

その事実をつきとめ、証しとなる裏帳簿も秘かに入手してあったという。

「じつは、そのことを信頼していた和久井にだけは伝えました。自分たちはどうなろうと、御目付筋に訴えようと誓いあっていたのです。ところが、和久井は訴えを潔しとせず、片瀬本人と直談判におよびました。不正の真偽を質し、事実ならば腹を切ってほしいと迫ったのです」

「莫迦な」

無謀にもほどがある。

「それゆえ、あのようなことに……」

罪を擦《なす》りつけられ、窮地に追いこまれたのだ。

村橋が言うには、和久井は純粋すぎた。そのせいで浅はかな行動に走り、相手の罠に嵌まってしまった。

「和久井は病がちな母御とふたり暮らしにござりました。母御の嘆きようは尋常なものではなかった」

通夜も葬儀も藩から許されず、組屋敷に簡易な焼香台だけが設けられた。弔問する者もおらぬなか、村橋はまっさきに訪ねて焼香をおこない、仇はかならず討つと母御に約束したのである。

「さようなことはしてくれるな、人生を棒に振るようなことは止めてくれと母御は嘆かれ、組屋敷から追いだされるまえに、御自ら何処かへすがたを消しておしまいに」

「そうであったか」

「せめてもの救いは、和久井が片瀬の面前でそれがしの名を出さなかったことです。おかげで、片瀬與左衛門を断罪する余地はまだ残っている」

「上役を断罪すれば、訴えたおぬしも無傷では済むまい。たとえ上手くいっても、返り血を浴びるぞ」

「覚悟のうえにござります。ただ、片瀬は目付筋とも裏で通じている節があり、それがしひとりでは心許ない。そこで、長尾さまにご助力願えまいかと」

村橋はそう言い、懐中から冊子を取りだす。

「こちらを」

差しだされた冊子を捲り、勘兵衛は目を釘付けにされた。

「……こ、これは」

「白堀通浚賃銭の分配に関する金田屋の裏帳簿にございます」

定請負人の金田屋庄兵衛から上水奉行の片瀬與左衛門へ、何年の何月にどれだけの賄賂が渡ったか、詳細に記載されている。しかも、賄賂は公金であるはずの分配金から一定の割合で支払われていた。まちがいなく、不正の有力な証しとなろう。

「かようなもの、どうやって手に入れたのだ」

「藤兵衛なる名主の通夜にまいったのでございます」

藤兵衛は金田屋の不正を訴えた関口水道町の名主、片瀬や金田屋の仕掛けた罠に嵌まって命を落としたと、勘兵衛はみている。

村橋は作事方のひとりとして、名主たちの訴状を目にする機会を得た。畳表の一件とは別に上水に関わる不正を疑い、それとなく注意を払っていたらしい。名主たちが不審な死を遂げたと知り、水戸藩の役人ではひとりだけ藤兵衛の家を弔問した。遺族と向きあい、故人の遺志を引き継ぎたい旨を切々と訴えたところ、おもいがけず、藤兵衛が秘かに所持していた裏帳簿を託されたというのである。

「藤兵衛は何らかの方法で金田屋から裏帳簿を手に入れた。されど、これを使うまえに命を落としてしまった。ともあれ、ご遺族は扱いにお困りのようでした。こちらの裏帳簿はむしろ、長尾さまにご活用願ったほうがよろしいかと、悩んだすえにおもいいたったのでござります。片瀬は狡猾ゆえ、保身のためなら何をしでかすかわかりませぬ。それがしの身に何かあったら、長尾さまに骨を拾っていただきたいのです」

　勘兵衛は溜息を吐いた。

「わしに骨を拾えなどと、不躾《ぶしつけ》にもほどがあるな」

「やはり、そうおもわれますか」

「されど、嫌いではない」

「えっ」

「一命を賭してでも正義をなそうとする。その心意気や、あっぱれと、褒めてつかわそう」

「されば、お聞き届けいただけるのですね」

「あたりまえだ。悪党退治の助っ人を頼まれて、意気に感じぬ者はおるまい」

「嬉しゅうござります」

　村橋は興奮気味に発し、眸子を潤す。

「おもいきって伺った甲斐がござりました。長尾さまは町奉行所の良心にござります」

「こそばゆいことを申すな。わしは捕り方として、なすべきことをなす。それだけのことだ」

なすべきことをなさぬ連中が、いかに多いことか。

常日頃からそうおもい、勘兵衛はうんざりしていた。

せめてもの救いは、水戸藩の若い藩士のなかにも正義を胸に秘めた侍がいるということだろう。

「この裏帳簿にしろ、おぬしとの縁にしろ、犠牲になった者たちがもたらしてくれたものかもしれぬ」

「仰せのとおりにござります」

「ならば、わしに下駄を預けぬか。ひとつ策をおもいついたのだ。おぬしがさきに動けば、和久井兵庫の二の舞いになるかもしれぬゆえな」

村橋はじっと考えこみ、意志の強そうな目を向けてくる。

「それはできませぬ。策を弄して相手を罠に嵌めるのは、それがしの信条に反します。それに、身内から告発いたさねば、和久井の濡れ衣を晴らしたことにはなりませぬ」

「さようか。そこまで申すなら、余計なことはすまい。されど、まことによいのか。上役を断罪するのだぞ。たとえ訴えが取りあげられたとしても、おぬしは針の筵《むしろ》に座らされよう。役目を辞すことを迫られるどころか、水戸藩から放逐されるやもしれぬ」

「心得ております。されど、おのれの生き様をしめすためにも、やらぬわけにはまいりませぬ。本懐を遂げたあかつきには、侍を辞めてもかまいませぬ」

「ふうむ、そこまでの覚悟を決めておるのか」

勘兵衛は唸る。

「されど、侍を辞めて、どうする気だ」

「定まった行く末などございませぬ。たとえば、水戸藩邸のそばにある団子屋の職人になるのも一手かと」

「ほほう、おみつの見世ではないか」

勘兵衛は眸子を輝かせる。

「本気で申しておるのか」

「もちろんです。それがしは甘味に目がございませぬ」

「おぬし、独り身か」

「いかにも」

独り身どころか、しがらみになるような親兄弟もいないらしい。

勘兵衛は、村橋をみつめるおはるの嬉しそうな顔をおもいだした。

「おみつ団子の看板娘は存じておろう」

「たしか、おはるという娘でしたな」

「おはるの事情は聞いておるのか」

「いいえ、存じあげませぬ」

「そうか。なれば、おぬしに知っておいてほしいことがある」

「はあ」

「十三年前のはなしだ」

勘兵衛はひと呼吸置き、乾いた唇《くち》を舌で嘗《な》めた。

焦る必要もないのに、何故、赤縄《せきじょう》の役目を買ってでようとしているのか。

もちろん、おはるの気持ちを汲まねばならぬし、余計なことをしたくもないのだが、この機を逃してならぬという勘がはたらいていた。

村橋は小首をかしげ、興味ありげに身を寄せてくる。

「どうされましたか」

「ふむ。はなしのまえに、ちと酒が欲しくなった。つきあってもらえぬか」

「喜んで」

笑ってうなずく村橋の袖を引き、勘兵衛は門の内へ差し招いた。

十二

夜、吟味方与力の門倉角左衛門を訪ね、村橋伝十郎から受けとった裏帳簿をみせた。

定廻りの高木甚内が絡む一件だけに、勘兵衛の独断で動くわけにはいかぬ。

動くにしても、相談を持ちかけていた門倉にだけは知らせておきたかった。

それだけではない。市政の長たる町奉行の判断も、できれば仰ぎたいとおもった。

もちろん、門倉が繋いでくれるかどうかはわからない。忙しい町奉行の手を煩わせたくないのは山々であろう。だが、門倉は阿吽《あうん》の呼吸でわかってくれているはずだと、勘兵衛は期待した。

翌朝は快晴となった。

勘兵衛は鎧《よろい》の渡しを小舟で渡り、芝居町の『福之湯』へやってきた。

湯屋の一番風呂は八丁堀の同心に与えられた特権、朝風呂に浸からぬことには一日がはじまらない。

「おはようさん」

女湯の暖簾《のれん》を振り分け、番台に座るおしまと挨拶を交わした。

「六質汁は美味かったぞ」

「それはようござりました」

銀次の女房は、眠たそうな目でこたえる。

雌牛のようだなと、勘兵衛はおもった。

「今朝は先客がござりますよ」

「もしや、薊《あざみ》のご隠居か」

「ご名答」

「ならば、文句は言えまい」

勘兵衛は緊張の面持ちで番台を通りすぎ、板の間で着物を脱いだ。

留め桶と糠袋《ぬかぶくろ》を手にして、がらんとした流し場へ向かう。

「おらぬか」

正面には金箔のほどこされた破風《はふ》屋根造りの石榴口《ざくろぐち》があった。

腰を屈めて柘榴口を潜ると、湯煙が濛々《もうもう》と立ちのぼっている。

「うぽっぽか」

湯舟のほうから、嗄《しゃが》れた声が掛かった。

茹《ゆ》で蛸《だこ》になった隠居が、ざばっと立ちあがる。

おっと、声が出そうになった。

引きしまった見事なからだつきだ。古希を疾《と》うに超えているはずだが、そうはみえない。

「背中を流せ」

「はっ」

高飛車な態度で命じられ、勘兵衛は素直にしたがった。

湯舟に浸かることもなく、石榴口を潜って流し場へ戻る。

隠居は洗い板の片隅に座り、あたりまえのように背中を向けた。

「久方ぶりだな」

「半年ぶりにござります」

「そんなになるか。ちと、忙しすぎたかのう」

勘兵衛はうなずき、糠袋で背中をごしごしやりはじめる。

鍛えぬかれた鞣《なめ》し革のごとき背中には、雪隠《せっちん》の神でもある烏枢沙摩《うすさま》明王が彫ってあった。

それゆえ、隠居は「薊」の異名で呼ばれているのだ。

「あいかわらず、見事な彫り物であられますな」

「近頃はみせる相手もおらぬ。みんな、あの世へ逝っちまった」

「もったいない。それがし、廻り方を隠居したあとも、お背中だけは流させていただきます」

「おぬしなんざ、まだひよっこだ。隠居を口にするのもおこがましいぞ」

「はっ」

こんなふうに叱ってくれるのは、薊の隠居だけであろう。

ありがたいなと、勘兵衛は心の底からおもった。

「おぼえておるか。十四年前、おぬしにはじめて会うたときのことじゃ」

忘れられるはずもない。十手持ちの本分は何かと問われ、弱者のために一命を惜しまぬことだとこたえた。それで気に入られたのか、隠居は勘兵衛と同じ湯屋へ月に一度は顔をみせるようになった。

誰よりも信条を理解してもらっているとおもう。

隠居に目を掛けてもらっておらねば、疾うに役目を辞していたことだろう。

「性懲《しょうこ》りも無く、また厄介事に関わっちまったらしいな」

「申し訳ございませぬ」

「どうして謝る。十手持ちなら、悪人どもを裁いて当然じゃ。されど、こたびはちと相手が悪い。御三家の家臣にくわえて、身内の同心も絡んでおるとか。しかも、上水に関する不正を除けば、確たる証しはないも同然じゃ」

「仰せのとおりにございます」

薊の隠居は、すべてお見通しなのだ。

何か言いたいときにだけ、こうして『福之湯』へ顔を出す。

銀次とおしまも、隠居の正体は知らない。知ったら腰を抜かすだろう。

勘兵衛は背中を流す手を止めた。

「されど、捨ておくわけにはまいりませぬ」

「いかにもな。ところで、末吉鯉四郎はどうしておる」

「ようやく、一人前になってまいりました」

「おぬしについて、何年目になろうかの」

「八年目かと」

「早いものじゃ。やはり、長尾勘兵衛を指南役にしたのが功を奏したな」

誰を指南役にしようと、鯉四郎は頭角をあらわしたにちがいない。

「勘定所から引き抜かれたことが、あやつにとっては唯一の幸運であったかと」

「以前も言うたが、鯉四郎の父親はわしが御家人であった頃からの知りあいでな、横領の濡れ衣を着せられて無念腹を切りおった。裏の事情を知ったわしは、息子の鯉四郎をどうにかせねばとおもったのじゃ。あのまま勘定所で燻っておったら、腐っておったに相違ない。それゆえ、本人には内緒で町奉行所に引き抜いた。なれど、まさか、うぽっぽの娘を嫁にするとはおもわなんだわ」

「それがしも、同じおもいにござります」

「だいじな娘を奪われて、口惜しくはないのか」

「孫が生まれてからは、そんな気持ちも失せました。今はただ、感謝しかありませぬ」

「そうだな。娘さえ幸せになってくれればそれでよい。父親なら、誰でもそう考えるにきまっておるわ」

ふと、岩吉のことをおもった。十三年前からずっと、おはるの幸せだけを願っているはずだ。

勘兵衛は首を振り、我に返った。

「鯉四郎には、誰からも袖の下を貰ってはならぬと、唯一、それだけは厳しく言い聞かせております」

「あたりまえのことじゃが、あたりまえではなくなっておる。嘆かわしいことじゃ」

袖の下を貰わぬ役人は敬われるどころか、小莫迦にされる。逆しまに、袖の下を貰って如才なくふるまう不浄役人は珍重される。役人はみてみぬふりをするようになり、大小の悪党どもが蔓延《はびこ》って、弱い者だけが損をする。町奉行所は信を失い、あってなきがごときものになりさがる。

「さようなことは、わかっておるのじゃ。だからというて、闇雲に大鉈《おおなた》をふるうわけにもいかぬ。町奉行所から、役人がひとり残らず消えても困るゆえな。おぬしなら、わかるであろう」

「承知しております」

「ふむ、それでよい。おぬしの好きなようにやればよい」

「はっ」

やはり、表だっては救ってもらえそうになかった。いつものことゆえ、気にはならぬ。裏で裁くぶんには好きなようにやればよいと、隠居は告げてくれたのだ。御墨付きを得られただけでも、よしとせねばなるまい。

爪で垢を掻いてやると、隠居は気持ちよさそうに呻いた。

「それで、策はあるのか」

「ないこともございませぬ」

「煮えきらぬ返答じゃな。ま、いつものことか」

「恐れいります」

勘兵衛は垢掻きを済ませ、隠居の肩口に岡湯を掛けた。

「うぽっぽよ、手柄にはできぬが、頼んだぞ」

隠居はさっぱりした顔で流し場をあとにする。

勘兵衛は烏枢沙摩明王を見送り、長々と溜息を吐いて緊張を解いた。

いまさら言うまでもあるまい。薊の隠居とは、南町奉行の根岸肥前守鎮衛にほかならなかった。

十三

翌日、水戸藩邸より秘かに使いが寄こされ、憂慮すべき一報が伝えられた。

作事方の村橋伝十郎が、同藩の目付筋に捕縛されたというのである。

使いは村橋家の小者で、伝十郎自身から言伝を授かっていた。

目付筋に片瀬與左衛門の息が掛かった者がおり、伝十郎の訴えは握りつぶされたらしい。

充分に予想できたこととはいえ、一抹の期待を抱いていただけに残念で仕方ない。

わずかな希望は、伝十郎に何らかの沙汰が下されるまでに、しばしの猶予があるということだ。そのあいだに、片瀬たちの悪事を証し立てできれば、少なくとも若い藩士の命は救われる。勘兵衛は、そう信じていた。

ともあれ、動きださねばならない。

段取りには、五日ほど掛かった。

十五日は雪涅槃《ゆきねはん》、午過ぎには解ける大粒の牡丹雪《ぼたんゆき》が降っている。

勘兵衛は柳橋から猪牙を仕立て、銀次とともに乗りこんで大川を遡上し、今戸橋の桟橋から陸へあがった。

「ふう、寒い。冬に舞いもどっちまいやしたね」

「まったくだ」

土手の一隅に咲いた椿も、綿帽子をかぶっている。

勘兵衛は重い足取りで、橋場への道をたどりはじめた。

土手に並ぶ今戸焼の窯からは、黒い煙が幾筋も立ちのぼっている。

かつては、金座や銀座の下吹所があった辺りだ。寺領の途切れた左手の野面は、浅茅《あさじ》ヶ原《はら》であろう。旅人を泊めて金品を奪う「ひとつ家の鬼婆」が住んでいたとされるが、今は桜の名所になっている。

浅茅ヶ原のさきには、総泉寺へとつづく大門道があった。都で人攫いに攫われたのちに亡くなった梅若丸の母が出家して妙亀尼《みょうきに》と名乗り、この地で庵を結んだのがはじまりとされている。曹洞宗の総泉寺は椿寺としても知られるが、寺領を抜けると川船番所があり、桟橋には渡し船を待つ客が何人か集まっていた。

　のっそりと近づいてきたのは、黒い巻羽織を纏った鯉四郎である。

「ご苦労さまにござります」

「ふむ、おぬしもな」

「真崎稲荷の境内を窺ってまいりました」

「お、そうか」

「伝通院の伊六に率いられた破落戸どもが十人ほど、境内を彷徨《うろつ》いております。おそらく、捕り方を警戒してのことかと」

「やはり、信用されておらぬようだな。肝心の畳奉行と畳屋は」

「ふたりとも、川口屋に入っていくところは確かめました」

「高木甚内は」

「見掛けておりませぬ。されど、かならず何処かに潜んでおるはず」

「銀次ともども、充分に注意を払っておいてくれ」

「承知いたしました。義父上は、おひとりで平気ですか」

「案ずるにはおよばぬ」

「されば、頃合いを見計らって、助っ人に参じます」

「旦那のほうこそ、急な動きはお控えに。腰がぎっくりいっちまうかもしれやせんからね」

「おいおい、気張りすぎて、こめかみの血管をぶち切らすなよ」

「合点で。悪党どもの好き勝手にゃさせやせん」

「よろしく頼む、銀次もな」

万歳のようなかけあいののち、勘兵衛はふたりと分かれて鳥居を潜った。

何せひとりで参じると見得を切ったので、約束を破るわけにはいかない。

「それにしても、上手く餌に食いついてくれたな」

村橋伝十郎から預かった裏帳簿の一枚目を破り、銀次に使いを頼んで金田屋へ届けさせたのだ。添えた文には「金五百両で裏帳簿を買いとってほしい」と綴り、諾するしか道のない金田屋の返事を待って、再度、取引の段取りを伝えた。

場所は相手も馴染みのある川口屋、女将のおなおには勘兵衛が直に頼みこみ、事情を告げたうえで朝から見世を開けてもらうことにした。

おなおは、ただの女将ではない。吉原の大籬《おおまがき》で御職《おしょく》を張っていた元花魁である。富貴に媚《こ》びぬ意気地《いくじ》と権威に屈せぬ張りを支えに生きてきた。悪事を許さぬ勘兵衛の心意気に感じ入り、見世が悪党の血で穢されてもかまわぬとまで応じてくれた。

「できた女将だぜ。おかげで、遠慮なく暴れてみせられる」

年甲斐もなく、檜舞台にあがる役者のような気分でいる。

銀次に釘を刺されたとおり、若いつもりで動くのだけは控えねばなるまい。

境内の片隅を歩いていくと、左右から破落戸どもが近づいてきた。

まんなかで大きな顔をしているのは、伝通院の伊六である。

伊六はへらつきながら、横柄な態度で喋りかけた。

「うぽっぽの旦那、おひとりで来られるとは、てえした度胸でござんすね」

「うるせえ、雑魚は黙ってろ」

一喝《いっかつ》すると、伊六は絞められた鶏《とり》のように黙った。

破落戸どもを尻目にし、勘兵衛は川口屋へ歩を進める。

「旦那、お待ちしておりましたよ」

女将のおなおが、いつもの笑顔で出迎えてくれた。

「すまねえ。おめえにゃ、一生頭があがらねえぜ」

「そんなこと、今言ってもらったら困りますよ」

「そうだな。まだ何もはじまっちゃいねえ」

「おふたりは、疾うにお着きです。奥座敷へどうぞ」

「ああ、頼む。おれを土壇へ連れてってくれ」

「縁起でもないことを仰いますな」

おなおは真顔になり、雪駄を脱いだ勘兵衛を廊下に導く。

十手を握った伊六を先頭に立て、破落戸どもがぞろぞろ従《つ》いてきた。

「来ればいいさ」

ふんと、鼻を鳴らす。

胆《はら》の定まらぬ連中が何人集まったところで、長尾勘兵衛には通用しない。

十四

奥座敷には簡易な酒肴の膳が支度され、上座には偉そうな五十男がふんぞり返っていた。

片瀬與左衛門であろう。

面相は煮付けにした鱈に似ている。鱈には申し訳ないが、分厚い唇や驚いたような眸子がそっくりなのだ。

片瀬の脇には、肥えた畳屋が座っていた。

「お目に掛かるのは、これで二度目にございますな。さあ、そちらへ」

下座に膳が用意されている。

勘兵衛は膳の脇を素通りし、片瀬の面前へ近づいた。

「よっこらしょ」

と、吐きすてながら胡座《あぐら》を掻き、懐中《ふところ》から取りだした裏帳簿をひょいと抛《ほう》る。

金田屋は這いつくばって膝行《しっこう》し、裏帳簿を奪って捲りはじめた。

「どうだ。おのれの字で、まちがいなかろう。それが不正の証しだ。おぬしらは上水に関わる公金を掠めとり、私腹を肥やしておった。弁明の余地はあるまい」

片瀬が口を開いた。

「そのこと、誰かに喋ったか」

「喋ったら、ここにはおらぬ。おぬしらは土壇行きさ」

「ふふ、口の悪い男だな」

「金は用意できたか」

「ああ」

金田屋が手を叩くと、廊下と反対の襖が開いた。

伊六が五百両箱を抱えてくる。

畳に置いた箱の蓋を外すと、黄金の光が漏れた。

「ふふ、ありがたい。これで楽隠居できる」

勘兵衛はやおら立ちあがり、木箱のそばに向かった。

伊六がぱっと蓋をする。

片瀬が嘲笑《あざわら》った。

「おぬし、ここから生きて帰るつもりか」

破落戸どもが、廊下から踏みこんでくる。

すかさず、勘兵衛は真横に跳んだ。

膳を蹴《け》り、背帯から十手を引きぬく。

「ぬおっ」

片瀬は左手で刀を取り、片膝立ちで鞘から抜きはなった。

「死ね」

しゅっと、刃風《はかぜ》が鼻面を嘗める。

それでも、勘兵衛は豪胆に踏みこみ、十手を真上から振りおろした。

「あぎゃっ」

片瀬の額がぱっくり割れ、鮮血が噴きだす。

血の量に驚いたのか、金田屋は腰を抜かした。

伊六や破落戸たちも、呆然《ぼうぜん》と眺めているだけだ。

勘兵衛は細縄を取り、片瀬の頭をきつく縛りつける。

「止血だ。死なせるわけにはいかぬ」

血達磨《だるま》になった片瀬の襟首を掴み、勘兵衛は金田屋に迫った。

「てめえ、高木甚内に名主を斬らせたな」

「ひぇっ」

「ほら、正直に言え」

「……て、手前じゃありません。片瀬さまのご指示にございます」

「素直に吐いたな。それでいい。白洲でも正直に吐けば、罪一等を減じてもらえるかもしれぬ」

「罪一等……げ、減じてもらえるのですか」

「磔獄門は斬首になり、斬首は島流しになる。命を永らえてえなら、悪事を包みかくさず吐いちまうことだ」

「……は、はい」

金田屋は萎れた青菜のように悄気《しょげ》返る。

勘兵衛は十手を帯に差し、大股で一歩踏みだした。

その途端、畳にこぼれた味噌汁に、つるっと右足を滑らせる。

「うおっ」

どんと尻餅をつくと同時に、伊六が我に返った。

「それ、殺っちまえ」

蹴りだされた破落戸の足を掬い、突っ転ばして立ちあがる。

すかさず、別のひとりが匕首《あいくち》を抜き、頭から突きかかってきた。

勘兵衛は相手の手首を取り、くいっと捻って投げとばす。

その途端、背中が痙《つ》りそうになった。

「老い耄れめ、死にさらせ」

残りの連中が匕首を抜き、束になって襲いかかってくる。

数が多すぎた。

「南無三《なむさん》」

勘兵衛は経を唱え、抜いた十手を闇雲に振りまわす。

廊下の向こうから、聞き慣れた跫音《あしおと》が迫ってきた。

「義父上っ」

鯉四郎が躍りこんでくる。

「ねいっ」

抜き際の一刀で、破落戸のひとりを峰打ちにした。

見事な手並みでふたり目の眉間を割り、三人目は弁慶の泣き所を砕いてみせる。

「しゃらくせえ」

素十手を振りあげた伊六は、袈裟懸けの要領で首筋を叩かれた。

「きょっ」

白目を剝き、ばたりとその場に倒れる。

舞いでもみているようだなと、勘兵衛はおもった。

銀次も遅れてあらわれ、蹲《うずくま》る金田屋に縄を打った。

もはや、抗う者はいない。

「ふう、どうにかなったな」

勘兵衛は安堵の溜息を吐き、濡れた右足の足袋を脱いだ。

味噌汁を絞っていると、女将のおなおが覗きこんでくる。

「やれやれ、とんだことになっちまったよ」

「すまぬ、このとおりだ」

菩薩を拝むように謝ると、おなおは右手を差しだす。

「足袋を寄こしてくださいな。洗っておきますから」

「いいや、それにはおよばねえ。こいつには、今から役に立ってもらう」

勘兵衛は左足の足袋も脱ぎ、五百両箱のほうに向かった。

蓋を外して小判を鷲掴みにし、足袋のなかに入るだけ詰める。そして、何をするかとおもえば、ふたつの足袋に穴を開けて細紐を通し、着物のしたに腹巻きの要領で巻いてみせた。

「何のおまじないですか」

「さあな」

「妙なおひと」

小首をかしげるおなおに笑いかけ、勘兵衛は木箱に蓋をする。

「これは後始末の代金だ。ちと少ねえが、取っといてくれ」

足袋に入れたぶんを除いても、四百八十両ほどはあろう。

木箱を叩くと、おなおは目を白黒させた。

「そんなに、よろしいんですか」

「ああ、かまわねえ」

「じゃ、遠慮なく」

「さればな」

勘兵衛はぺこりと頭をさげ、血《ち》腥《なまぐさ》い部屋に背を向ける。

冷えきった廊下をぺたぺたと、裸足で歩きはじめた。

十五

ひらひらと、名残の雪が舞っている。

鳥居のそばには、高木甚内が立っていた。

「やっぱり、いやがった」

勘の良い男だ。小悪党どもを手懐《てなず》けて弱い者を苛め、狙った相手を執念深く追いまわしては銭金を搾りとる。数々の悪事をはたらきながらも、不浄役人として四十半ばまで生きながらえているのは、それなりの理由がある。常に先回りをし、小狡《こずる》く立ちまわって危ういところへは近づかない。

ただし、こたびばかりは欲を掻いて下手を打った。金蔓を失いたくないばっかりに汚れ仕事を請けおい、雑なやり方で名主たちを殺めたのだ。

けっして、許される行状ではない。

ほんとうならば白洲に引きずりだし、厳しい沙汰を下すべきであろう。

だが、不浄役人を晒し者にすれば、町奉行所のみならず幕府の威光も失墜する。

不穏な世の中になれば、今よりもいっそう兇悪な連中が蔓延ってしまいかねない。

それゆえ、町奉行の根岸肥前守は表だって動くことができなかった。勘兵衛のごとき老い耄れに、蛆《うじ》虫退治を任せねばならぬのだ。

後ろから、鯉四郎が駆けてくる。

「義父上、それがしにお任せを」

「いいや、わしがやる」

鯉四郎は素直に引きさがった。

勘兵衛の内に秘めた気迫がそうさせたのだろう。

表情を少しも変えず、同じ歩幅で高木に近づいていった。

鳥居を潜った参詣客は、殺気を帯びたふたりを避けて参道を急ぐ。

高木ものっそり歩きだし、たがいに五間ほどの間合いで足を止めた。

「うぽっぽめ、やってくれたな」

「ああ、おめえは仕舞えだ」

「どうかな。そっちが死ねば、元通りになるかもしれぬ」

「おめえは負ける。おれにゃ勝てねえ」

「たいした自信だな。こっちの力量を知らぬわけではあるまい」

「知っておるさ。抜刀術と胴抜きの達人だってこともな」

「死にたくないなら、まだ間に合うぞ。義理の息子ともども、わしの手下になれば、斬らずに許してやろう。それどころか、小遣いをくれてやる。十両や二十両の金ではないぞ。わしと組めば、がっぽり稼ぐことができる」

「ふふ、おもっていた以上に、往生際の悪いやつだな」

「断るのか」

「ああ」

「何がおぬしをそうさせる。十手持ちの正義ってやつか」

「いいや」

「なら、何だ」

「わからぬ。んなことはどうだっていい」

「どうだっていいことのために、命を懸けるのか。ふん、わしは御免蒙る」

高木は刀を抜かず、爪先で躙《にじ》りよってくる。

抜き際の一刀で勝負をつけるつもりであろう。

「遊びはなしだ。初手で仕留めてやるゆえ、痛みはないぞ」

「感謝しろとでも」

「まあな」

勘兵衛は刀を抜いた。

刃長は一尺二寸ほどか。いつもの刃引刀ではない。無銘だが、斬れ味の鋭そうな無反りの刀だ。

青眼に構え、つっと間合いを詰める。

「まいる」

「のぞむところ」

抜刀術に長けた者は、白刃を抜いた瞬間に隙が生じる。

「はっ」

勘兵衛は撃尺の間合いを越えた。

突くとみせかけ、刀を上段に振りかぶる。

腹が晒された。

隙ありと、高木は胸に快哉を叫んだにちがいない。

すっと身を沈め、低い姿勢で抜刀する。

と同時に、斜めに大きく踏みだし、見事な手並みで勘兵衛の脇胴を抜いた。
――がつっ。
ところが、肉を裂いた感触がない。
着物の裂け目からは、黄金色の小判が五月雨《さみだれ》のように落ちてくる。
「何っ」
勘兵衛は、わざと胴を晒して斬らせたのだ。
つぎの瞬間には、右八相に構えている。
「うりゃ……っ」
気合いともども、白刃を一閃させた。
――ばすっ。
骨を断った鈍い音がする。
高木の左腕が、肩口からぼそっと落ちた。
「くっ……」
雪に覆われた地べたが真っ赤に染まる。
高木は両膝を折った。
身を震わせながらも、右手の刀だけは手放さない。

勘兵衛は添え樋に溜まった血を切り、白刃をゆっくりと黒鞘に納める。

右腕を落としてもよかったが、武士の情けでそれだけは止めてやった。

右手が残っておれば、さほど苦もなく、最後の始末をつけることができよう。

瀕死の高木にも、勘兵衛の気持ちは伝わっていた。

「……や、やってくれたな」

薄く笑ってみせ、震える右手を持ちあげる。

白刃を首筋にあてがい、すっと首筋を断った。

鮮血が飛沫となってほとばしり、雪面を濡らす。

高木は俯せになり、ぴくりとも動かなくなった。

悪党同心にも、矜持の欠片《かけら》は残っていたのだろう。

ふと、鳥居の脇をみやれば、椿の木が植えてある。

勘兵衛は歩み寄り、積もった雪を除けて花を手折った。

大量に流れた血は、雪の衣に覆われつつある。

高木の屍骸に近づき、勘兵衛は椿の花をそっと置いた。

死者への手向けに赤い花はそぐわぬが、そうでもせねば気持ちがおさまらない。

たとえ、許すべからざる悪党であっても、同じ廻り方を斬った痛みは深かった。

「義父上、お見事にございました」

鯉四郎が後ろから声を掛けてくる。

勘兵衛は頭を垂れたまま、屍骸のそばに立ちつづけた。

十六

彼岸を過ぎると寒さも和らぎ、川端の散策が楽しくなってくる。

土手の斜面には芹《せり》が萌え、水面には睡蓮《すいれん》が芽を伸ばし、細流には子持ちの雌鮒《めすぶな》がすいすい泳ぎまわった。雪解けで水嵩《みずかさ》の増した大川では木流しがみられるようになり、永代橋を渡って木場のほうまで足を延ばしてみたくなる。

牡丹雪の降った涅槃会は、遥かむかしのような気がしてならない。

水戸藩の目付筋に引き渡された片瀬與左衛門は、役目不如意につき切腹の沙汰を受けた。金田屋庄兵衛は不正をはたらいた廉で斬首、水戸藩の藩法では罪一等が減じられる余地もなかった。一方、自刃した高木甚内は乱心とされ、伝通院の伊六は強請や騙《かた》りといった罪状で遠島の沙汰を下された。

各々の罪人に繋がりはなく、曖昧《あいまい》な理由で裁かれることになった。

もちろん、勘兵衛の手柄は表沙汰にされず、一連の出来事に関わった者にしか経緯はわからない。

それでよいのだと、勘兵衛はおもった。

銀次と鯉四郎は不満だろうが、大目にみてもらうしかあるまい。

今朝早く綾乃がやってきて、五目飯と精進揚をつくってくれた。

そう言えば、ほかにも嬉しい出来事があった。

牛天神で助けた母親と童女が、わざわざ御礼にやってきたのだ。

住まいを捜しあてるのに苦労したが、娘の気持ちが落ちついたら、きちんと礼をさせたかったらしい。母親は三味線の門付けを生業にする旅芸者であった。江戸に吹く風の冷たさを嫌というほど味わわされ、あげくの果てに幼い娘が凶事に巻きこまれそうになった。崖っぷちで救ってくれた勘兵衛が仏様にみえた。なのに、きちんと礼もせず、逃げるようにその場から去ったことを、よほど悔やんでいたらしかった。

「礼を言いてえのは、こっちのほうだぜ」

勘兵衛は今、お裾分け用の牡丹餅を紙に包み、谷中の天福寺をめざしている。

銀次がようやく岩吉の塒《ねぐら》を探しあて、勘兵衛に会ってみないかと説いたのだ。

十三年ぶりの再会を果たすべき舞台は、鏝絵の飾られた天福寺の阿弥陀堂と決めていた。

岩吉もたぶん、納得してくれるだろう。

だが、銀次は明確な返事を耳にしたわけではなかった。

来るかどうかは、まだわからない。

来てくれることを信じ、勘兵衛は天福寺の山門を潜った。

期待を込めた足取りで阿弥陀堂へ向かい、観音扉を開けて内へ踏みこむ。

住職はおらず、浅黄裏の着物を纏った若い侍がじっと鏝絵を見上げていた。

「村橋どの」

勘兵衛の呼びかけに、村橋伝十郎が感動の醒めやらぬ顔で振りむく。

「あっ、長尾さま、本日はお招きいただき、かたじけなく存じまする」

「どうだ、鏝絵は」

「何度拝見しても、見事な龍にござります。仕上げた方に、是非ともお会いしたくなりました」

「さようか。ところで、今はどうしておる」

「長尾さまのおかげで片瀬與左衛門は断罪され、それがしは解きはなちになりました。作事方へ戻る道もござりましたが、藩籍から除いていただくことにいたしました。そのほうが、藩にとっても好都合だったようで」

「侍はどうする。つづけるのか」

「当面はつづけます。ただ、侍より価値のある生き方がみつかったときは、そちらの道へ進もうかと。今は鏝絵を習いとうござります」

「おぬしが鏝絵を」

「はい」

「なるほど、それもよかろう」

村橋とのやりとりは、時を忘れさせる。

だが、一方で、勘兵衛の焦りは募った。

やはり、岩吉は来ぬのだろうか。

ともに再起の道を探りたいと願うのは、本人にとっては煩わしいだけのことなのかもしれない。

弱気の虫が囁いたところへ、住職が気配もなくあらわれた。

少しあいだを開けて、五十半ばの手足の長い男が怖《お》ず怖ずとつづいてくる。

「……い、岩吉」

勘兵衛はつぶやき、ゆっくりと近づいていった。

岩吉もこちらに気づき、首を亀のように伸ばす。

十三年の歳月が、あっという間に消えていくようにおもわれた。

立ち止まって岩吉の顔をみつめ、ぐっとことばを呑みこむ。

ひと言でも喋れば、感極まってしまうにちがいない。

「……う、うぽっぽの旦那」

「おう」

「……も、戻ってめえりやした」

勘兵衛は黙然とうなずき、大股で身を寄せるや、岩吉をがしっと抱き寄せる。

溢れそうな涙を何度も呑みこみ、労《ねぎら》いのことばをどうにか絞りだした。

「よく帰えってきたな。待っていたんだぜ。でもな、ほんとうにおめえを待っていたのは、おれじゃねえ」

「えっ」

観音扉がふわりと開き、やわらかい陽の光が射しこんできた。

二十歳手前の娘が、たどたどしい足取りで伽藍にはいってくる。

おはるであった。

岩吉は金縛りにあったように身を固め、わなわなと顎を震わせる。

おはるは歩くのも忘れ、じっとこちらをみつめた。

おみつもすがたをみせ、鯉四郎と銀次もやってきた。
みなが固唾を呑むなか、おはるは弾かれたように駆けだす。
勢いを止めようともせず、棒のような岩吉にぶつかっていく。
我に返った岩吉も、縋《すが》りついてくる娘をしっかり抱きとめた。
「おとっつぁん、お帰りなさい」
おはるが言った。
それだけは、きちんと言いたかったのだろう。
ただし、そこからさきはことばにならない。
ふたりは抱きあうことしかできなかった。
岩吉は十三年ぶんの涙を流している。
勘兵衛の耳に、おみつの啜り泣きが聞こえてきた。
鯉四郎と銀次は洟水を啜り、村橋伝十郎は必死に涙を堪えている。
阿弥陀如来は金色に輝き、ふくよかな面相に微笑みを湛えていた。
「くそっ」
如来さまも、たまには粋なはからいをしてくれる。
運命《さだめ》ってのはおもしれえもんだなと、勘兵衛はおもった。

みなが望んでいたことはただひとつ、生き別れになった父娘の再会しかない。

どうなることかと不安に駆られても、会ってしまえば何もかもが杞憂《きゆう》に終わる。

――びゅるびゅる、ぴーちゅる、ぴーちゅる。

遠くで鳴いたのは、揚雲雀《あげひばり》であろうか。

「世はこともなし」

勘兵衛はそっとつぶやき、阿弥陀如来に笑いかけた。

月見の味

一

勘兵衛は春の陽気に誘われ、浅草寺《せんそうじ》まで足を延ばした。

風雷神門を拝んで門前の広小路を東へ向かい、滔々《とうとう》と流れる大川を眼下にしながら吾妻《あづま》橋を渡る。のんびりと渡ったさきは本所の北端、源森川に架かる木橋を渡って墨堤《ぼくてい》へ向かえば、今や盛りの桜花を愛でに大勢の人々が繰りだしていた。

白狐を祀《まつ》る三囲稲荷《みめぐりいなり》の辺りから桜餅《さくらもち》を売る長命寺《ちょうめいじ》や白鬚《しらひげ》神社を経て梅若伝説で知られる木母寺《もくぼじ》にいたるまで、桜並木の下には花見客が途切れることもなく行き交い、賑《にぎ》やかな笑い声が聞こえてくる。

酒や鳴り物が禁じられている上野の山内とちがって、陽気に騒ぎたい連中が集まっており、食べ物を売る行商や宴を盛りあげる茶番なども見受けられた。なかには、酔った勢いで喧嘩をはじめる連中もいる。そうした不埒《ふらち》な輩《やから》に睨《にら》みを利かせるのが、黒羽織を纏《まと》った廻り方の役目にほかならない。

「おい、そこの色っぽい姐さん、ちょいとつきあえ」

さっそく、顔を赤くさせた五人の中間《ちゅうげん》どもをみつけた。

五合徳利をぶらさげた髭面の男が垢抜けた感じの年増に声を掛け、行く手を阻もうとする。

「ほうら、通せんぼうだぞ」

年増は別のひとりに腕を取られ、嫌がって腰をくねらせる。

柳腰《やなぎごし》の艶めいた仕種が、いっそう男どもを煽《あお》りたてた。

勘兵衛は舌打ちをしながらも、安易には動かない。

ほかの花見客は関わりを避け、急ぎ足で通りすぎていく。

「堪忍してくださいな」

「へへ、堪忍できるかってんだ」

気持ちの昂ぶった中間どもは年増を囲み、仕舞いにはからだを高々と持ちあげて、神輿《みこし》のように「わっしょい、わっしょい」と揺らしながら、三囲稲荷のほうへどんどん進んでいった。

勘兵衛は裾《すそ》を捲《めく》り、酔った阿呆《あほう》どもを追いかける。

鳥居の手前で追いつき、後ろからひとりの襟首を摑《つか》むや、有無を言わせずに引き倒した。

「のわっ」

ほかの四人は倒された仲間を見下ろし、その目で勘兵衛を睨みつける。

廻り方の同心だとわかっても、鉾《ほこ》を納めようとはしない。

年増は担がれたまま、桜色の蹴出しを晒《さら》している。

五合徳利を提げた髭面が怒鳴りつけてきた。

「文句あっか。てめえ、町奉行所の臨時廻りだな」

「ああ、そうだ」

「ご覧のとおり、おれたちは大名家の家来だぜ。不浄役人風情がお縄にできる相手じゃねえ」

「中間風情が粋がるな。おなごを放してやれ」

「うるせえ、老《お》い耄《ぼ》れはすっこんでろ」

「そうはいかぬ。はなしてわからぬようなら、痛い目をみるしかないぞ」

「ふへへ、おい、おめえら、聞いたか。あの老い耄れ、やる気らしいぜ」

ようやく、四人は年増を地べたに降ろす。

後ろから乗りだしてきたのは、力士くずれとおぼしき巨漢だった。

おそらく、巨漢がひとりいるおかげで、ほかの連中は大きな顔ができるのだろう。

「やい、へぼ役人、こっちのでけえのは伊達《だて》藩お抱えの元力士でな、松島丸《まつしままる》というんだぜ」

「ふん、聞いたこともない四股名《しこな》だな」

「信じねえのか。だったら、みてろ」

髭面が五合徳利を振りあげ、いきなり松島丸の頭に叩きつける。

がつっと鈍い音がして、徳利がまっぷたつになった。

松島丸は痛がりもせず、頬に垂れた酒を長い舌でぺろりと嘗《な》める。

「ぬへへ」

髭面がへらへら嗤《わら》った。

「な、みたろう。下手に逆らえば、ぶちかまされてあの世逝《い》きだぜ。さあ、行った行った、尻尾を巻いて消えちまえ」

さきほど引き倒した男も、むっくり起きあがってくる。

五人は年増から離れ、勘兵衛のまわりを取り囲んだ。

もはや、はなしても無駄であろう。

「詮方あるまい」

勘兵衛は帯の後ろから、朱房の十手を抜いた。

髭面が吠える。

「おっ、やる気だぞ。松島丸」

「ほいきた」

巨漢は腰を沈め、四股を踏みだす。

――どしん、どしん。

振動が腹に響いても、勘兵衛の表情は変わらない。

十手を鼻先に差しだし、ゆったりと身構える。

「やっちまえ」

「よっしゃ」

松島丸は土を蹴った。

大猪のごとく、頭から突っこんでくる。

「ぬおっ」

勘兵衛は真正面から受けるかとおもいきや、袖を揺らして斜めに身を躱《かわ》しつつ、相手の首筋に十手の先端を叩きつけた。

「ぐえっ」

急所を叩かれては、ひとたまりもない。

松島丸は白目を剝き、顔から落ちていく。

「げっ」

驚く四人を睨み、勘兵衛はどすの利いた声で威《おど》しつけた。

「つぎはどいつだ。老い耄れが相手になるぞ」

「くそっ、おぼえてやがれ」

中間どもは松島丸を引きずり、そそくさと逃げてしまう。

「ふん、情けねえ連中だぜ」

吐きすてたところへ、沈丁花《じんちょうげ》の芳香が漂ってきた。

助けた年増が身を寄せてきたのだ。

「旦那、ありがとう」

「なあに、てえしたことじゃねえ」

齢は三十路あたりか。

縹緻《きりょう》良しなうえに、喋る仕種も可愛らしい。

気を抜けば、鼻の下がびろんと伸びるにちがいない。

切れ長の一重瞼《ひとえまぶた》にふっくらした頬といい、受け気味の唇《くち》もといい、みればみるほど勘兵衛好みの面立ちをしている。白いうなじに垂れた後れ毛すらも、色っぽくみえてしまう。

いけねえ、いけねえと胸につぶやき、勘兵衛は背を向けようとした。

「旦那、行っちまうんですか」

「えっ」

「ちょいと、お待ちくださいな……」

踏みだそうとするや、ぷつっと駒下駄の鼻緒が切れる。

蹌踉《よろ》めいた女のからだを、勘兵衛は抱きとめた。

「……す、すみません」

謝りつつも、離れようとはしない。

「待ってな。すげてやる」

勘兵衛は懐中から手拭いを取りだし、素早く引き裂いた。

女に肩を貸して片膝をつき、甲高の白い足から駒下駄を外す。

手拭いを伸ばして器用に縒《よ》り、あっという間に鼻緒をすげてみせた。

「履いてみな」

「はい」

「きつかねえか」

「平気です。馴れていらっしゃるんですね」

「そんなことはねえ。女物の鼻緒をすげるのは、十年か二十年ぶりだ」

「うふふ、十年と二十年じゃ、ずいぶんちがいますよ」

「老い耄れにとっては同じさ」

「旦那、御名をお教えくださいな」

「おぼえ損だとおもうがな、長尾勘兵衛だ」

「長尾勘兵衛さま、ずいぶんお強いんですね」

「商売柄、ああした連中の扱いに慣れているだけさ」

「わたし、おれんと申します。築地にある相引橋《あいびきばし》のそばで、ご近所の旦那衆に三味線を指南しております」

「へえ、三味線のお師匠か。こいつはおみそれした。しかも、相引橋ってのがおもわせぶりじゃねえか」

「たまたまなんですよ。武家地の狭間に小さな住まいを借りて、どうにか食べさせてもらっております」

「まさか、独り身じゃねえんだろう」

「おや、所帯じみてみえますか。独り身ですよ。八丁堀からも近いし、旦那もよろしかったら足を向けてくださいな」

「そうだな、気が向いたら寄らしてもらおう」

「ほんと、嬉しい」

とびきりの笑顔を向けられ、くらりときてしまう。

年甲斐もなく、行きずりの三十年増に魅了されてしまったのか。

いけねえ、いけねえ。

勘兵衛は首を振り、おれんという三味線師匠に別れを告げた。

二

気のせいか、今年の桜はいつにもまして華やいでみえる。

勘兵衛は弾む足取りで墨堤を踏破し、北端の木母寺から長命寺の辺りまで折り返してきた。

途中から空が一転して掻《か》き曇り、雨がしとしと降ってくる。

「春雨だな」

小《こ》銀杏《いちょう》髷《まげ》が濡れるのもかまわずに歩き、ふと、土手の片端で足を止めた。

往路は気にも留めなかったが、黒鍬者《くろくわもの》たちが盛土の普請に精を出している。

去年の葉月、大川の河口と川岸一帯は鉄砲水に襲われた。被害がもっとも大きかったのは人足寄《にんそくよせ》場《ば》のある石川島で、島ごと水没したようになり、大勢の人足が逃げおくれて亡くなった。墨堤も水に浸かり、近隣の村人たちが住む家を失ったのだ。

水の災難は毎年のように起こるので、土手を高く築いたり、土留めの玉石を積んだりする普請は休む暇もなくつづけねばならぬが、あまりにも広範囲なために遅々として進まない。

川普請を統轄するのは材木石奉行なので、町奉行所の役人は門外漢ではあるものの、勘兵衛が墨堤を見廻る目的のひとつは普請の進み具合を見定めることだった。

鍬を手にする黒鍬者のなかには、親しくなった馴染みの顔も見受けられる。

「常八《つねはち》、精が出るな」

声を掛けた相手は、背中の曲がった四十過ぎの男だ。

よく日に焼けた顔を向け、愛想よく応じてくれた。

「あっ、うぽっぽの旦那」

「調子はどうだ」

いつもどおり、気軽に労《ねぎら》いのことばを掛けてやる。

常八が手を休めても、ほかの連中は気にしない。黙々と鍬を動かす者もおれば、土手に座って一服する者もあった。口うるさい組頭が近くにいなければ、子方たちは当然のように手を抜きたがる。

「調子はどうだか、自分でもわかりやせんや。朝から晩まで土を穿ったり、石を積んだり、その繰りかえしでさあ」

おかげで、年季を積んだ黒鍬者たちはたいてい、腰が曲がっていた。首や腰に痛みを抱えつつも、あくせく働きつづけるのは、誰よりも水に詳しいという矜持があるからだと、むかし黒鍬者だった権蔵《ごんぞう》という男に聞いたことがある。

「親爺さんは息災にしておりやすかねえ」

権蔵のことを聞かれ、勘兵衛はうなずいた。

「ああ、たぶんな。風鈴蕎麦《そば》の屋台を引き、両国の広小路あたりを流しておるはずさ」

「噂にゃ聞いておりやす。玉石積みの親爺さんが、蕎麦屋になっちまったってね。噂を耳にしたときは、何だか切ねえ気分になりやしたよ」

「だから、会いにいかねえのか」

「ええ、まあ」

権蔵は玉石積みに長けた熟練の黒鍬者であったが、橋詰めで小悪党に絡まれ、匕首《あいくち》で腿《もも》をぐっさり刺された。三月《みつき》かかって治りはしたものの、踏んばりが利かなくなり、泣く泣く職を替えたのだ。

「七年前のはなしさ」

「もう、そんなになりやすか。旦那はその場に立ちあわれたんでしょう」

「ああ、もう少し早けりゃな」

ちょうど見廻りの最中で、異変に気づくのが早ければ、権蔵は刺されずに済んだ。

今でも口惜しさが消えることはない。

「おめえは、権蔵の世話になったんだろう」

「親爺さんには、一から十まで教わりやした。人生の師匠だとおもっておりやす。だから、蕎麦屋になった親爺さんに会いたかねえんです。たぶん、親爺さんも同じおもいにちげえねえ」

しんみりとしたところへ、突如《とつじょ》、地鳴りが聞こえてきた。

――ごごごご。

花見客も立ちどまり、あたりをきょろきょろしだす。

「まただな」

と、常八は溜息《ためいき》を吐《つ》いた。

土手の一部が崩れたらしく、黒鍬者たちが駆けていく。

勘兵衛もそちらへ足を向け、崩れた土手を見下ろした。

せっかく築いた盛土が、大きな爪で掻いたように、ごっそり無くなっている。

「こいつはひでえ。常八、またというのはどういうことだ」

「どうもこうも。大きさが不揃いの石を積むから、こうなるんでやすよ」

どうやら、土留めに使う玉石に原因があるらしい。しかも、石の積み方ではなく、集められた石のせいだとすれば、普請に携わる黒鍬者たちはやっていられない気持ちになるはずだった。

「おれに言わせりゃ、わざとやっているとしかおもえねえ」

「どうしてだ。土手が崩れれば、普請が遅れるだけのはなしではないか」

「崩れたら、またやり直す。やり直しの申請をすりゃ、お上から普請代を余計に引っ張ってこられる。上の連中は中抜きで、がっぽり儲けられる」

「まさか」

上の連中が不正な儲けを得るために、わざと手抜き普請をやらせているというのだろうか。

「石のちがいなんざ、素人《しろうと》にゃわかりやせん。土留めが崩れりゃ、おれたちのせいにされちまう。おれたち子方は上の連中にしてみりゃ、芥《あくた》みてえなもんでさあ。何人かお払い箱にすりゃ、それで丸く収まっちまう。こんなことがつづいたら、年季を積んだ連中はひとりもいなくなっちまいやす。あとに残るのは、田圃《たんぼ》しか耕したことのねえ百姓くずればっかしでさあ」

半年前に材木石奉行が代わり、普請場を仕切る手代元締や黒鍬者を手配する口入屋も代わった。土手の崩落が頻発するようになったのは、統轄する上の連中が一斉に代わった頃からだと、常八は語気を強める。

「証しなんぞありやせんがね、子方はみんなそうおもっておりやす」

「聞き捨てならぬはなしだな」

「ええ、そろそろ訴えたほうがいいのかもしれねえ」

常八が吐きすてたところへ、強面《こわもて》の四十男がやってくる。

「おい、何をこそこそ喋っていやがる」

怒鳴りつけてきたのは、喜平《きへい》という組頭だ。

同心風体の勘兵衛をみても、態度を変えることはない。

「旦那、それじゃ」

常八はばつが悪そうにお辞儀をし、そそくさと離れていく。

喜平は狐目の役人をしたがえ、こちらに近づいてきた。

何度か見掛けた面だが、挨拶を交わしたことはない。

普請場を仕切る手代元締で、名はたしか、草間《くさま》某《なにがし》といったか。

「おい、町方が何の用だ」

やにわに横柄《おうへい》な口調で詰問され、さすがの勘兵衛もむっとする。

手代元締は三十五俵三人扶持の御役なので、三十俵二人扶持の勘兵衛と禄高にさほどの差はない。ただし、材木石奉行の直下で四百人余りの黒鍬者を束ねているという自負があるせいか、態度は殿さま並みに大きい。雪駄の土用干しに喩《たと》えられるとおり、ふんぞり返っていた。

波風を立てまいと、勘兵衛は丁重に応じる。

「花見客に怪我人が出たら、こちらの出番かとおもいましてね」

「怪我人など出るわけがなかろう。土手の端が崩れただけだからな」

「何度か、崩れたようですな。いったい、何が原因なんです」

「おぬしに関わりはなかろう」

「そうは烏賊《いか》の何とやら。この辺りの土手普請が進まず、今年も近くの村が水に浸かるようなことにでもなったら大変ですからな。町方として聞かねばならぬことは、聞いておかねばなりませぬ」

「さては、常八に何か吹きこまれたな」

「いいえ、何も。常八とは世間話をしていただけですよ」

「ふん、嘘を吐くな」

「嘘ではござらぬ」

「ともあれ、余計なことに首を突っこむでない」

「承知しました」

背中を向けようとすると、すかさず呼びとめられた。

「待て、おぬし、名は」

「長尾勘兵衛と申しますが」

「風体から推すと、臨時廻りか」

「ええ、そうですが、そちらは」

「草間伴四郎《ばんしろう》だ。材木石奉行の久米三太夫《くめさんだゆう》さまから、川普請の一切を任されておる。わしを通さねば、不浄役人の訴えでも上に通らぬのだぞ」

「なるほど、草間さまと仲良くするのが得策というわけですな」

「やっとわかったか」

ふてぶてしい横っ面を張り倒してやりたくなったが、顔にはまったく出さない。

笑みすら浮かべながら、勘兵衛はその場を離れた。

土手を上って振りむけば、草間が商人風体の男と立ち話をしている。

悪相を絵に描いたような男が、ふいに喋りを止め、三白眼にこちらを睨んだ。

「あやつ」

何処《どこ》かでみかけたような気がしてならない。

黒鍬者をひとり捕まえ、商人の素姓を尋ねてみた。

「三筋屋《みすじや》俵《ひょう》右《え》衛門《もん》さまでやすよ」

普請場に黒鍬者を手配する口入屋らしい。

常八のはなしが真実なら、草間と三筋屋はいかにも怪しかった。

手抜き普請で私腹を肥やしているのなら、断罪されねばなるまい。

「何でそんなに睨みつける」

遠目からではあったが、勘兵衛も強い眼差しで睨みかえした。

すると、三筋屋は白い歯を剝いてみせる。

「あやつめ」

不敵にも笑ったのだ。

ひょっとして、わしを知っておるのか。

遠い記憶を探ってみれば、似かよった悪相の小悪党が何人も浮かんでくる。

「気のせいか」

勘兵衛はすっと目を逸らし、雨に濡れながら土手道を歩きはじめた。

三

娘の綾乃は孫の綾を連れて隣近所の女房たちと野遊びへ行き、蓬《よもぎ》や芹《せり》や嫁菜《よめな》や土筆《つくし》などを籠にどっさり摘《つ》んできた。

聞けば、小雨も混じる薄曇りのなか、内藤新宿の外れにある角筈《つのはず》村の熊野十二所権現社まで遠出してきたらしい。しかも、大潮の明日は鯉四郎が非番なので、洲崎の浜辺へ潮干狩りに連れていってもらうという。

「踏むほどおるであろうから、平目《ひらめ》でも土産に持ってこい」

と、明るく言っておいたが、心はいっこうに晴れなかった。

やはり、崩落した土手のことが気になっているからだろう。

綾乃が差し入れてくれた山菜や煮物で夕餉《ゆうげ》を済ませたにもかかわらず、勘兵衛は重い腰をあげ、夜の町へ繰りだした。繰りだすといっても、花街にではない。日本橋を突っ切り、両国広小路へ向かったのだ。

すでに雨は止んでおり、南寄りの風が吹いていた。

微かに潮の香りを嗅《か》ぎながら、てくてく歩き、両国橋の西詰めまでやってくる。

昼間は賑やかな広小路も、戌《いぬ》ノ刻《こく》を過ぎれば静まりかえる。

立ち止まって耳を澄ますと、薬研堀《やげんぼり》のほうから風鈴の音色が近づいてきた。

――ちりんちりん、ちりんちりん。

勘兵衛は軽くうなずき、橋のそばから踵《きびす》を返す。

のんびり歩いていくと、白い湯気に包まれた風鈴蕎麦の屋台が近づいてきた。

夜空に月はなく、屋台の軒にぶらさがる提灯が闇をいっそう際立たせている。

灯りに誘われたのか、みすぼらしい鰹縞《かつおじま》の着物を纏った夜鷹《よたか》がひとり、暖簾《のれん》の向こうに吸いこまれていった。

ほかに人影もなく、少し待ってから勘兵衛は歩を進める。

暖簾を振り分けると、立ったまま蕎麦を食べ終えた夜鷹がちょうど出てくるところだった。

「まいどあり」

胡麻塩《ごましお》頭の親爺は顔を向け、わずかに驚いてみせる。

「あっ、うぽっぽの旦那」

「よう、権蔵、蕎麦をくれ」

「へい」

権蔵は蕎麦を作りはじめる。

とんと出された丼には、黄色い玉子が浮かんでいた。

「月のねえ夜は月見にかぎる。そう教えてくれたな、旦那です」

「おぼえていてくれたのか」

「忘れるわけがござんせん」

ぞろぞろっと、勘兵衛は蕎麦を啜《すす》った。

玉子の黄身を潰《つぶ》さぬように蕎麦だけをたぐり、丼を持ちあげて汁を啜る。

「ふう、温まるぜ」

「順序がちがいやすけど、よろしけりゃ燗酒も」

「もらおう」

「へい」

「暮れに一度覗いたっけな。あんときも、お月さんを拝めなかった」

「月のねえ晩にみえられるんですよ、旦那は」

「ちげえねえ」

「どうしてだか、わかるような気がしやす」

「教えてくれ」

「月夜に釜を抜く間抜けな盗人はいねえ。月のねえ晩がやつらの稼ぎ時、だから、旦那も夜廻りに出たくなる」

なるほど、権蔵の言うとおり、月の無い晩に出歩きたくなるのは十手持ちの習性かもしれない。

燗酒が銚釐《ちろり》で出された。

大きめの猪口に手酌で注ぎ、口先を尖らせる。

ひとくち呑み、片眉をつっと吊りあげた。

「剣菱《けんびし》じゃねえか」

「へへ、恩のあるお方にしか出しやせん」

「おめえに恩を売ったおぼえはねえがな」

勘兵衛は空にした猪口に酒を注ぎ、権蔵のほうへ差しだした。

権蔵は恐縮しながらも猪口を持ち、くっとひと息に呷《あお》ってみせる。

「七年前、旦那はあっしを刺して逃げた野郎を捕まえてくださった。ほかの捕り方は早々とあきらめちまったのに、旦那だけは執念深く捜してくださり、十日も経ってから、そいつを捕まえてくれた」

縄を打った相手は、大名家に出入りする中間だった。

「屑《くず》みてえな野郎だが、中間は酔って誰かを傷つけても江戸払《えどばらい》で済まされる。おめえにあれだけの傷を負わせた野郎なら、もっと重い罪に問われてもいいはずだったが、おれは屑野郎を江戸払にしかできなかった」

「あっしは嬉しかった。旦那の懸命なおすがたをみて、浮かばれたおもいだったんですよ。十手持ちのなかにも、ちゃんと後始末をつけてくれるお方がいらっしゃる。あっしなんぞのために、必死に動いてくれるお方がいらっしゃる。それだけで、充分だったんです。刺されたときは相手を恨みましたが、そんなおもいも嘘みてえに消えちまった。自分でも不思議なんですよ。何だか、仏様の施しを受けたみたいで」

「おいおい、おれを須弥壇《しゅみだん》に奉ろうってのか」

「へへ、疾うに奉っておりやすよ」

「それにしても、おめえの手は、ごつごつとしていやがるな」

「石ばかり運んでおりやしたから、石に似てきたんでやしょう」

「へへ、おもしれえ」

勘兵衛は別の猪口に剣菱を注ぎ、遠慮する権蔵に呑ませようとする。

「玉石積みにかけちゃ、おめえの右に出る者はいなかった。未練はねえのか」

「ええ、まったく。固えか柔いかのちげえだけで、玉石積みも蕎麦打ちも骨《こっ》法はいっしょでさあ」

「ふうん、そんなものか」

蕎麦打ちは存外、深いものらしい。

権蔵は酒を呑み、眉間に縦皺を寄せる。

「そんでも、土手が崩れたと聞けば、生きた心地がしなくなりやす」

「昼間のはなしだな」

「旦那はそのことでおみえに」

「別に、そういうわけじゃねえが、おめえなら何か知っているかもしれねえとおもってな」

「ちゃんと積まれた玉石は、めったなことでは崩れやせん」

「最初から崩す意図で積むことはできんのか」

「造作もねえはなしです。でも、玉石積みに誇りを持つ黒鍬者にゃできやせん」

「なるほど。おめえの田舎は、尾州《びしゅう》知多半島の大野町だったな」

「ええ、戻る気もねえ田舎でさあ」

　大野町の出身者は戦国の世から治水普請に長じており、全国津々浦々の大名家から請われれば道具一式を携えて出向くことで知られていた。権蔵は幕府に請われて江戸へ下り、根付いてしまったのだ。

「田舎にゃ、老いた母親と妹がおりやした。江戸で一旗揚げて帰《け》えるつもりが、ご覧のとおり、糸の切れた凧《たこ》みてえになっちまった。それでも、悔いちゃおりやせん。これがあっしの人生なんです。生きてりゃいいことだってあると、旦那も仰ってくれたじゃありやせんか」

「ああ、そうだな」

　長く生きればそれだけ、悲しみを溜めこむことになる。それでも生きつづけることが大事なのだと、勘兵衛は多くの者に語りかけてきた。もちろん、自分自身にも言いつづけている。

辛いことばかりがつづいても、楽しいことがひとつでもあれば、それだけでよいではないか。朝目覚めて鳥の声を聞き、庭に咲いた花を愛でる。涼しげな風に頬を晒し、のんびりと町中を歩いてみれば、もう少しだけ生きてみようとおもえるのではないか。

そんなふうに他人を、そして自分自身を鼓舞しながら、どうにかここまで年を重ねてきたのだ。

「誰かがわざとやっているとしたら、あっしは許せやせんぜ」

酒が少しまわったのか、権蔵は本音を吐いた。

唐突に浮かんで消えたのは、草間伴四郎という手代元締と三筋屋俵右衛門の顔だ。

ことに、土手下から三白眼に睨《ね》めつけた三筋屋の悪相が忘れられない。

何故かわからぬが、権蔵に会いたくなったのは、あの悪相を目にしたせいかもしれぬとおもった。

「そう言えば、常八がおめえのことをはなしていたぜ。あいつは、誰よりもおめえを慕っていたからな」

「同郷なんです。おれたち尾州出の黒鍬者は、はぐれ者ばかりでしてね。ほかの連中とちがって、お上に差配されているわけじゃなく、御大名衆に請われれば何処にでも行きやす。偏屈な野郎ばかりだが、たしかな技量を携えている。だから、お上も手放したがらねえ。

今日みてえな土手崩れがつづいたら、常八は見切りをつけるはずだ。見切りをつけるだけならまだいいが、訴えでも起こす気になったらまずいことになる。それだけが心配《しんぺ》えなんでさあ」

「おれもな、そいつを案じておるのさ」

「今度、常八を誘ってやってくだせえ」

「よし、わかった」

勘兵衛は袖口をまさぐり、一朱銀を取りだして床几に置いた。

「旦那、月見の三十二文だけでけっこうです」

「いいのさ。腹を空かせた夜鷹がいたら、蕎麦を食べさせてやってくれ」

「へい、それじゃ」

「またな」

勘兵衛はひらりと手をあげ、暖簾を振り分けて外へ出た。

あいかわらず、空に月はない。

――うおおん。

微かに聞こえてくるのは、山狗《やまいぬ》の遠吠えだけだ。

町木戸が一斉に閉まる亥ノ刻になれば、権蔵も屋台の提灯を消すのだろう。

しばらく歩いて振り向けば、提灯の仄《ほの》かな光が揺れながら遠ざかっていく。

「橋詰めのほうに向かったな」

勘兵衛はつぶやき、ふたたび、背を丸めて歩きはじめた。

四

四日は町入能《まちいりのう》、江戸八百八町の名主と家主約五千人が千代田城へ招かれ、大広間南庭において能の観劇が催される。

公方家斉《くぼういえなり》と目見《めみえ》できる年に一度の機会でもあり、錫《すず》の瓶に入れられた下り酒や菓子折などの手土産も貰えるので、拒む者などはひとりもいないとおもわれたが、小半日は白洲で蹲踞《そんきょ》しつづけねばならぬため、年寄りたちの多くは遠慮した。

しかも、能舞台で「道成寺《どうじょうじ》」が演じられる年は、かならず雨になると言われている。今年の演目は「道成寺」と告げられていたせいか、朝から空は一面の雨雲に覆われていた。

馴れない黒紋付き姿の連中を横目にしつつ、勘兵衛は本八丁堀五丁目の橋詰めから京橋川に架かる稲荷橋を渡った。京橋川の対岸には船見番所があり、大川の河口には石川島と佃《つくだ》島の島影をのぞむことができる。湊河岸《がし》の桟橋には両島へ向かう渡し船が繋《つな》がれているものの、乗りこもうとする人影はない。

石川島は昨夏の鉄砲水で水没し、鉄炮洲本湊町から明石町にいたる河岸の一帯も大きな被害を受けた。この辺りの土手普請はどうなっているのか、気になって足を延ばしたのだ。

一見すると、河岸には新たな盛土がなされている。

ただし、寒さ橋と称される明石橋の周辺は手つかずの状態だった。

「いかんな、これでは」

町奉行の根岸肥前守に直訴したくなってくる。

公方の信頼も厚い根岸から若年寄に告げてもらえば、差配下の材木石奉行は手を打たざるを得なくなろう。しかし、易々と伝家の宝刀を抜くようなまねはしたくなかった。川普請を通して私欲を貪《むさぼ》る連中がいるのだとすれば、まずは不正の証しを立てねばなるまい。

築地の御門跡をぐるりと経巡り、築地川に架かる万年橋を渡って、馬場のある采女《うねめ》ヶ原まで足を延ばした。さらに、木挽町まで一気に抜け、三十間堀に沿って紀伊國橋のさきまで進み、鉤《かぎ》の手に大きく曲がった大路を虫利河岸《あさりがし》までやってくると、何故か、そわそわしはじめた。

武家屋敷の海鼠《なまこ》塀に沿って進み、どんつきを右手に折れれば、築地川に架かった相引橋へたどりつく。橋のそばには大名屋敷しかないはずだが、おれんという艶っぽい年増はこの界隈《かいわい》に「三味線指南」の看板を掲げていると言った。そのはなしを、おもいだしたのだ。

勘兵衛はいそいそと歩を進め、横幅の広い道のどんつきを右手に折れかけた。

ふと、左手に目をやれば、三味線箱を抱えた五十男がにやけた顔でやってくる。

すれちがいざま、鬢《びん》付け油の匂いに鼻を衝かれた。

男が歩いてきたのは大富町の一角で、そちらの露地裏に踏みこめば、風情のある黒板塀がつづいている。

角に建つ仕舞屋《しもたや》の表戸に「三味線指南」の看板が掛かっていた。

「ここだな」

まちがいあるまい。

にやけた男が出てきたばかりなので、今は師匠ひとりだろう。

いや、ひょっとしたら、一度に何人もの弟子を教えているのかもしれない。

あれこれ考えながら躊躇《ためら》っていると、内側から音も無く表戸が開いた。

すっと顔を差しだしたのは、色白のおれんにほかならない。

「あら、長尾勘兵衛さま」

「おう、ちと近くまで来たのでな」

「お訪ねくださったのですね、嬉しゅうございます」

「ん、そうかい」

「立ち話も何ですから、どうぞおはいりくださいな」

「よいのか、何処かへ出掛けるところだったのでは」

「外の空気を吸いたくなっただけ。鬢付け油の匂いがきつすぎて、往生していたもので」

「さっきの肥えた野郎だな」

「お会いになりましたか。あのお方は縮緬《ちりめん》問屋のご主人でしてね、今日で二度目になります。吉原の花魁《おいらん》は二度目で裏を返し、三度目で馴染《なじ》みになる。だから、かならず近いうちに来るからと言い残し、お帰りになりました。うちのしきたりでは、初回から馴染みになっていただきます。ただし、褥《しとね》は敷きません。枕もご用意できません。馴染みになっていただくのは、わたしではなく、三味線の音色です」

「ふふ、その口上、気に入ったぜ。三味線の音色なら、どれだけ馴染みになっても許されよう。邪魔するぜ」

三和土《たたき》の片隅には、勘兵衛の手で鼻緒をすげた駒下駄が置いてある。

それだけでも、何やら擽《くすぐ》ったい気持ちになった。

雪駄を脱いで廊下を渡り、どんつきで曲がったさきの客間に通される。

間口が狭いわりに、奥行きはかなり広い。

客間からは、手入れの行き届いた壺庭がみえた。

植えられているのは桜ではなく、紅白の木蓮と黄色い花を咲かせる三椏《みつまた》だ。

桜は虫が寄ってくるので好かぬのかもしれない。

上座には見台と三味線が無造作に置かれている。

おそらく、この部屋で稽古をつけていたのだろう。

「あら、申し訳ございません」

おれんは見台と三味線を片付け、上座に導いてくれた。

そして、奥へ引っこみ、酒肴の膳を運んでくる。

「おっと、昼間っからそいつは贅沢すぎる」

「よろしいじゃありませんか。お弟子さんも今日は来られませんから、ゆっくりしていってください」

「めえったな」

月代をぽりぽり掻きながらも、注がれた酒をくっと呷る。

「まあ、見事な呑みっぷり。さすが、八丁堀の旦那」

「そんなふうに持ちあげられんのは、何年ぶりかな」

「嘘でしょう。馴染みのお見世が何軒もおありのはず」

「どうしてわかる」

「ひと目でわかりますよ。真面目なだけが取り柄じゃないってことくらい」

流し目を向けられ、息が詰まりそうになる。

勘兵衛は睫《まつげ》を瞬《しばたた》き、注がれた盃をまた空けた。

「おめえみてえな女が、男を駄目にするんだ」

「おや、それは褒め言葉ですか」

「そうさ。調子に乗って近づけば、危うい目に遭う。剣術の間合いといっしょでな、下手に踏みこめば命を失うことになる」

「まあ、物騒だこと」

「でもな、絶妙な間合いで挑まれると、こっちも本気で勝負したくなる。おめえは、そういう女だ」

「真に受けちまって、よろしいんですか」

おれんは斜めに膝をくずし、勘兵衛の盃を奪って口をつける。

そして、沢庵をひとつ指で摘まみ、かりっと囓《かじ》ってみせた。

いけねえ、いけねえ、このままじゃ深みに嵌まりそうだ。

勘兵衛は胸につぶやき、伸びかけた鼻の下を元に戻す。

「身の上話でも聞かせてもらおうか」

「たいしたはなしはござんせん。一年前までは上方におりましてね」

「へえ、そうだったのかい。上方訛《なま》りがねえんだな」

「生まれはこっちなんですよ。七年前に向こうに行って、ようやく戻ってこられたんです」

「江戸の暮らしが恋しかったのか」

「ええ、辰巳芸者でしたから」

それなりに楽しい暮らしだったという。

「上方にはまた何で」

「ちょいと事情がありましてね」

「情夫《いろ》かい」

「まあ、そんなところです」

おれんは一瞬、淋しげな顔になった。

上方で苦労したにちがいないと、勘兵衛は察した。

「大坂にいたのか」

「ええ。でも、大坂だけじゃござんせん。京や近江にもおりました」

どうやら、門付けで食いつないでいた時期もあったらしい。

情夫はどうしたのかと、勘兵衛は聞かなかった。

たぶん、捨てられたか、別れたかしたのだろう。

いつもの勘兵衛なら図々しく尋ねていたはずだが、たいして呑んでもいないのに、何やら頭に靄《もや》がかかったようになった。

「旦那、どうなさったんです」

気づいてみれば、鼻先におれんの顔がある。心配そうにみつめられても、緩慢な仕種で手を振ることしかできず、仕舞いには畳のうえに横たわってしまう。

「旦那、ねえ、旦那……」

おれんに呼ばれているのはわかったが、応じることばが口から出てこない。

底なし沼に嵌まった猪か鹿のように、いくら藻掻いても脱出できそうになかった。

やがて、頭のさきまで沼に嵌まり、息継ぎさえもままならぬようになり、勘兵衛の意識は昏《くら》い水底へ沈んでいった。

五

薄暗い。蔵のなかであろうか。

かたわらに、誰かが俯せで倒れている。

肌に触れると、冷たくなっていた。

「うっ」

おもわず、声が漏れる。

屍骸《むくろ》なのだ。

硬直したからだをひっくり返し、恐る恐る顔を覗いた。

「あっ」

見知った顔。

「くそっ」

黒鍬者の常八だった。

置かれている情況が、にわかに把握できない。

調べてみると、常八の背中には深い刀傷があった。

逃げようとして、袈裟懸《けさが》けの一刀を浴びたのだろう。

いったい誰が、何のために命を奪ったのか。

頭がずきずき痛み、考えることすら難しい。

「……そうだ」

おれんに酒を呑まされ、頭が朦朧《もうろう》としたあたりまではおぼえている。眠り薬を盛られたのであろう。そののち、何者かの手でここに移され、目を醒ますと、かたわらに常八の屍骸が転がっていた。

本人と判別できたのは、天井に近い高さに格子窓が穿たれているせいだ。

手を伸ばしても届かぬ窓からは、月明かりが……いや、提灯のかぼそい光が射しこんでいる。

わざわざ提灯で照らし、屍骸は常八なのだと教えたかったのか。

罠に嵌めた相手の意地の悪さが透けてみえる。

おれんと常八の繋がりは判然としない。墨堤の見廻りで同じ日に出会ったというだけだ。

もしかしたら、あらかじめ企てられていたのかもしれない。おれんはわざと中間どもの気を惹《ひ》き、危うい情況をつくった。勘兵衛が助けるように仕向け、そのとおりになると、おもわせぶりな態度を装ってみせ、仕舞屋へ誘ったのではなかろうか。

「一杯食わされたか」

まんまと罠に嵌まり、何処とも知れぬ蔵に閉じこめられている。

勘兵衛は出入口を探るべく、尻を持ちあげようとした。

「うっ」

節々が痛むのは、固い地べたに寝かされていたせいか。

からだに触れてみたが、怪我らしきものは負わされていない。

今は夜なのだろう。おれんを訪ねた日の夜なのか、それとも翌日の夜なのか。腹の空き具合から推すと、丸一日は経っているような気もする。

壁に沿って歩き、石の扉をみつけた。

押しても引いても、びくともしない。

勘兵衛は項垂《うなだ》れ、屍骸のそばに戻った。

鼻を近づけ、あらためて死臭を嗅いでみる。

まだ小半刻ほどしか経っておるまい。勘兵衛がさきに運ばれ、眠っているあいだに、ほかの場所で斬られた常八の屍骸が運びこまれたのだろう。

「殺しの罪を着せる気か」

それ以外に生かされている理由はおもいつかない。

いったい誰が、何のために。

答えの出ない問いが、痛む頭に浮かんで消える。

もちろん、刀と脇差はなく、朱房の十手も奪われていた。

命のつぎにだいじな十手を失った廻り方は、潔く職を辞すべきかもしれない。

いずれにしろ、相手は臨時廻りの長尾勘兵衛と知ったうえで近づき、色仕掛けで誘っておいて、殺しの罪を着せようとしている。むかし恨みを買った者たちの仕業かもしれぬが、煮え湯を呑ませた小悪党は大勢おり、誰と特定するのは難しい。

勘兵衛は冷静になり、常八が殺《あや》められた理由を考えた。

土手の一部が崩れたことと無縁ではなかろう。常八も言っていたとおり、上の連中がわざと崩落を生じさせたとすれば、不都合な事実が外に漏れぬように、あらゆる手立てを講じるはずだ。

常八は不都合な事実の証しを摑み、公の場へ訴えようとしたのかもしれない。それを事前に察知され、口を封じられたのではなかろうか。

脳裏に浮かんだのは、土手下から睨みつける男たちの目だ。

「やつらか」

怪しいのは、手代元締の草間伴四郎と口入稼業の三筋屋俵右衛門であった。

が、はたして、手代元締と口入屋だけで、これほど大掛かりな不正をやってのけられようか。

久米三太夫という材木石奉行も関わっている公算は大きい。崩落が頻発するようになったのは、半年前に久米が材木石奉行に就いた頃からだ。草間と三筋屋も同時期に黒鍬者を差配するようになった。ふたりは久米の意向を汲んで不正に手を染めているのかもしれない。

そこまで考えをめぐらせたところへ、人の気配が近づいてきた。

ぎぎっと石の扉が開き、龕灯《がんどう》の光が照らされる。

眩しい光を避けるべく、勘兵衛は袖で顔を隠した。

「へへ、目を醒ましやがったな」

声に聞きおぼえがある。

おれんにちょっかいを出した中間かもしれない。

後ろには、図体の大きな男をしたがえている。

松島丸か。

やはり、茶番を演じた連中のようだ。

ぬっと、鼻先に龕灯が差しだされた。

顔を背けた途端、鳩尾《みぞおち》に蹴りがはいる。

「うっ」

蹴ったのは、松島丸だ。

「加減してやったぜ」

喋りかけてくるのは、中間のほうだ。

荒い息を吐きだすと、松島丸の怪力で両手を後ろにまわされた。

細縄で手首を縛られ、地べたに突き転がされる。

「へへ、十手持ちの旦那も形無しじゃねえか。おれは次郎吉《じろきち》ってんだ。この顔、忘れたとは言わせねえぜ」

「……お、おぬしら、あの女の仲間なのか」

「仲間なんかじゃねえ。金で雇われただけさ」

「雇ったのは、口入屋か」

ふいに的を射た問いを向ければ、たいていの小悪党は黙る。

次郎吉と松島丸を雇ったのは、三筋屋でまちがいあるまい。

「別段、おめえに恨みがあるわけじゃねえ。でもな、不浄役人にゃ山ほど恨みがある。だから、おめえを痛めつけるのは朝飯前ってわけだ」

「おもいだしたぞ。あの口入屋、むかし縄を打った小悪党だ」

当てずっぽうに餌を撒《ま》くと、次郎吉が食いついてきた。

「七年越しの恨みらしいな。おめえのせいで、口入屋の旦那は江戸に住めねえようになっちまった。でもよ、上方で一旗あげて帰えってこられたんだ。江戸払になってよかったじゃねえかと、おれならおもうがな。あの旦那はどうしても、気持ちが収まらねえらしい。七年前の恨みを晴らして、すっきりしてえんだとさ」

頭をめまぐるしく回転させ、三筋屋の正体に見当をつけた。

ほかでもない、権蔵の腿を匕首で刺した中間にちがいなかろう。

「ふん、ずいぶん手の込んだまねをしてくれたな」

「おれもそうおもうぜ。転がっているそいつみてえに、ひとおもいに殺っちまえばいいのに。痛めつけて弱らせたうえに、生き恥まで掻かせてやりてえらしい」

「生き恥だと」

「ああ、そうだ。おめえは人殺しの汚名を着て役を解かれ、市中を引きまわされたあげく、土壇へ送られる。そいつを情婦とふたり、沿道のかぶりつきから高みの見物と洒落《しゃれ》こみてえんだとさ」

「あの女、口入屋の情婦なのか」

「そうにきまってんだろう。へへ、七年前、いっしょに江戸を離れて以来の腐れ縁らしいぜ」

よく喋る男だ。おかげで、罠に嵌められた理由がはっきりした。

ついでに、川普請のことも尋ねてみる。

「常八は玉石積みの名人だった。何で殺らねばならぬ」

「知るか」

「誰が殺った。おぬしか」

「んなわけねえだろう」

「だったら、口入屋か」

「ふん、あの旦那は匕首しか使わねえよ」

次郎吉は殺しの手口を知っている。となれば、殺めた者の正体もわかっているはずだ。

あと一押し、勘兵衛はたたみかけた。

「それなら、手代元締の草間伴四郎しかおもいあたらぬな。どうだ、殺ったのは草間なのか」

次郎吉は押し黙る。答えは出たも同然だ。

勘兵衛は声に怒りを込める。

「優れた黒鍬者が死ねば、後世に伝えねばならぬ貴重な技や流儀も失われる。それがこの日《ひ》の本《もと》にとってどれだけの損失か、わかっておるのか」

「うるせえ、糞爺《くそ》め、説教垂れるんじゃねえ」

次郎吉の平手打ちが飛んでくる。

顔が飛ばされそうになり、勘兵衛は鼻血を流した。

血をみて興奮したのか、松島丸も八つ手のような手で平手打ちを繰りだす。

——ばしゃっ。

水に飛びこんだような音とともに、きいんと耳鳴りがした。

後ろ手に縛られているので、息苦しくなってくる。

それでも、興奮したふたりは責める手を弛めない。途中で縄は解かれたものの、交互に撲《なぐ》る蹴るの暴行を繰りかえされ、勘兵衛はみるも無惨なすがたになった。

気づいてみれば、ふたりのすがたは消えている。

常八の遺体も、いつのまにか運び去られていた。

格子窓の外にぶらさがっていた提灯も外され、異臭の残る暗がりには襤褸《ぼろ》雑巾と化した臨時廻りだけが残された。

六

眠りに落ちたのではなく、気を失っていたのだろう。

酷《ひど》く撲られたせいか、瞼を上手に開けられない。

指でこじ開けても、みえるのは漆黒の闇だけだ。

目を潰されてしまったのだろうか。

格子窓のほうへ顔を向けても、灯りらしきものは漏れておらず、今が夜か昼かもわからなかった。

次第に闇に目が慣れてくると、蔵のなかに仕舞ってある雑多なものがぼんやりとみえてきた。たとえば、古い甲冑であったり、鍋釜の類いであったり、いずれにしろ、役に立ちそうなものはない。

常八の屍骸は運び去られたが、濃厚な異臭は残っている。

天井に近い格子窓は、おそらく、外から塞がれたのだろう。

不安を煽るためなのか、抗おうとする意志を挫くためなのか、なるほど、暗闇に放置しておくのは人を狂わす有効なやり方かもしれない。おもった以上に狡猾な連中のようだなどと、考えを巡らせる余裕はまだ少しある。

それにしても、腹が減った。

中間どもから手酷い仕打ちを受けてから、いったい、どれほどの時が経ったのだろうか。

あまりに静かで、風音や葉擦れの音すら聞こえてこない。

河口や内海に近いあたりなら、潮の香りも迷いこんでくるはずだが、骨を折られたかもしれぬ鼻で嗅ぐことができるのは異臭だけだ。

綾乃たちは、さぞかしこの身を案じていることだろう。

鯉四郎や銀次は、町中を必死に駆けずりまわっているところかもしれない。

「みんなに迷惑を掛けちまったな」

勘兵衛らしくもなく、弱気につぶやく。

と、そこへ、人の気配が近づいてきた。

分厚い石の扉を挟んでも、近づく者の気配はわかる。

荒っぽい連中ではなさそうだ。

「ひとりか」

重々しく扉が開き、手燭《てしょく》の灯りが差しだされた。

はいってきたのは、おなごのようだ。

今なら、外に出られるかもしれぬ。

動きだそうとして、前のめりに倒れた。

腹が空きすぎているせいか、足がおもうように動かない。

這いつくばって扉のほうへ向かうと、上から手燭を向けられた。

眩しげに顔を背けると、屈んだ相手が覗きこんでくる。

「酷い顔、こっぴどくやられちまったね」

「……お、おれんか」

「そうだよ」

「……こ、ここは何処なんだ」

「十軒河岸に並んだ蔵のひとつさ」

「くそっ、相引橋の近くじゃねえか」

場所がわかっただけでも、希望の光はみえてきた。

「おめえに薬を盛られたのはいつだ」

「丸一日余りは経った。あと半刻もすれば夜が明けるよ」

「そうか、どうりで腹が減りやがる」

「結びでもこさえてきてほしかったかい。生憎、そんな暇はなくてね。あたし、あんたを恨んでいたんだ。見掛けとちがって腹黒い役人だって、耳に胼胝《たこ》ができるほど聞いていたからね。でも、どうやら、そうじゃなかったらしい。裏長屋の貧乏人どもに聞いてまわったら、あんたを悪く言う者はひとりもいなかった。うぽっぽの旦那は仏様だって拝む者までいてね。でも、あたしはあんたを信じない。慈悲の安売りをする不浄役人なんざ、信じたくないんだよ……」

おれんは昂ぶってきたのか、喋りながら涙ぐむ。

「……あたしのおとっつあんは、腕のいい研ぎ師だった。男手ひとつであたしを育ててくれたけど、呑んだくれて博打《ばくち》で身を持ちくずしたあげく、死んじまったのさ。あたしゃ借金のかたに売られ、春を売らなきゃならなかった。でも、優しい姐さんに可愛がられ、お古の三味線を貰うことができた。見よう見まねで弾き方をおぼえ、三味線だけが生きる支えになった。男のことばなんざ、最初から信じていない。中間の俵太《ひょうた》に入れあげたのも、あたしなんぞに湯水とお金を注ぎこんでくれたからさ。博打で儲けた泡銭《あぶくぜに》だろうが、人から盗んだ汚れ金だろうが、構いやしなかった。信じられんのは、お金しかなかったのさ。だけど、ほんとはお金以外のものを信じたかった。だから、俵太が誰かを傷つけて江戸払になったとき、上方へ従いていこうってきめたんだ」

そう言えば、権蔵の腿を刺した中間の名は俵太だった。俵太は三筋屋俵右衛門と名を変え、江戸へ戻ってきたのだ。

「おれが必死にならなかったら、俵太は逃げおおせていたにちげえねえ。おめえも江戸を捨てずに済んだかもな」

「逆恨みだってのは、わかっていたさ。やったことの罪は償わなくちゃいけないって、誰もがおもうはずだけど、俵太はちがった。あんたを恨みぬくことで、生きる力に変えた。生き馬の目を抜く上方で名をあげ、口入稼業の看板をひっさげて江戸へ舞い戻ってきたんだよ」

それが一年前のはなしだ。半年後に材木石奉行となる久米三太夫にどうやって取り入ったかはわからぬが、七年前に江戸を逐われた中間は川普請で一目置かれるほどの商人に成りあがった。

「誇らしいとおもったさ、こんなことになるまえまではね。まさか、死人が出るとはおもってもみなかった。あんたを色仕掛けで誘ったのも、謝らせたかっただけさ。土下座させれば気が済むって、あのひとは言ったんだ。そのことばを信じて、あたしは悪事の片棒を担いじまった」

勘兵衛は肩の力を抜き、ほっと溜息を吐いた。

「おれんよ、はなしはわかった。おれはこうみえても、十手持ちの分だけはわきまえている。慈悲の安売りはしねえ。自分のできることしかやらねえし、ありがた迷惑なことはしたくねえ。でもな、世の中にゃ見過ごしちゃならねえこともある」

「熱いんだね、旦那は」

「それだけが取り柄でな」

「そんな旦那を死なせるわけにゃいかないよ」

「助けるのか」

「ええ」

「俵太は許さねえぜ。おれを助けたら、おめえは針の筵に座らせられる。しかも、情夫を失う覚悟をきめなくちゃならねえ。それでもいいのか」

「かまいません。あたしだって、罪を償わなくちゃならないんです」

　おれんはきっぱり言い、懐中から木札を取りだした。

「何だそりゃ」

「口入屋の鑑札ですよ。何かのお役に立てばと」

「盗んだのか」

「はい」

「おめえはどうする」

「逃げますよ。何処までも」

「そうかい、おれは助けてやれねえぜ」

「ええ、けっこうです。自分の身は自分で守りますから」

助けたい気持ちを抑えかね、勘兵衛はにっこり笑いかけた。

「芝居町に福之湯っていう湯屋がある。万が一のときは、番台のおしまに助けを請え。おれの名を出せば、粗略にゃしねえ」

「ご厚意はありがたく頂戴しときますよ」

おれんはお辞儀をし、背中を向けようとする。

「待て。おめえ、何か隠してねえか」

「えっ」

「表情でわかるんだよ。さあ、言ってみな」

「旦那に告げたところで、詮無いはなしです」

「この期に及んで、口を噤《つぐ》むことはねえだろう」

おれんは、重い溜息を吐いた。

「じつは、七つの娘がおりましてね」

「まさか、俵太の子か」

「ええ」

七年前に子を孕《はら》んだせいで、おれんは上方まで従いていったのかもしれない。小悪党と縁切りできなかったのだ。

おれんは冷静な口調で言う。

「その子を盾に取られたら、あたしゃ死ぬしかないんです」

「早まるんじゃねえぞ。いざとなりゃ、娘は助けてやる」

「えっ、旦那が」

「慈悲の安売りはしねえが、助けなきゃならねえ命もある」

「旦那」

「任せておけ。鑑札を使えば、どうにかなる」

勘兵衛は確信を込めて言いきった。

おれんの顔に生気が戻ってくる。

「おれを信じろ。ことが済むまで、身を隠しておれ」

「承知しました。それじゃ、あたしはこれで」

おれんが去ると、扉のほうから隙間風が迷いこんできた。

勘兵衛はやおら立ちあがり、足を引きずって扉口へ向かう。

重い石の扉をこじ開けた途端、潮の香りがふわっと漂ってきた。

七

八丁堀の屋敷には煌々《こうこう》と灯りが点いており、綾乃と鯉四郎と銀次は一睡もせずに待っていた。

よれよれになった勘兵衛をみて、綾乃などは泣きくずれ、さっそく仁徳を叩き起こして傷口の治療に当たらせた。おもったとおり、鼻の骨は折れていたが、ほかに折れている箇所はなく、安静にしていれば、二、三日で治るという。

年も年だけに少し安堵したが、屋敷でのんびり休んでいる暇はない。敵は勘兵衛が逃げたのを知り、おれんに疑いを抱くだろう。どうにか逃れたとしても、みつけだされる公算が大きいからだ。

綾乃の作った玉子粥を食べて腹を落ちつかせ、柔らかい褥で一刻ほど眠りに就いた。

鳥の声とともに目を醒まし、顔を洗ってから塩で歯を磨こうとすると、口中の傷口に沁みて声をあげそうになった。

新しい黒羽織に着替えてはみたものの、腰の据わりがしっくりこない。

大小と十手を失ったせいだ。

「取り返《け》えしに行くか」

勘兵衛はおれんから預かった鑑札を摑むと、綾乃が止めるのも聞かずに外へ飛びだした。

鯉四郎と銀次もあとに従いてくる。

ふたりをこれほど心強いとおもったことはない。

向かうさきは神田鎌倉河岸、竜閑《りゅうかん》橋に近い町屋の一角に新興の口入屋は『三筋屋』の看板を掲げている。

幕初の頃は石垣に積む石を運びこんだところで、河岸には普請に使う石や材木を置いておく小屋も見受けられた。露地を挟んださきには白酒を売る『豊島屋』もあり、一日を通して行き交う者は多い。

竜閑橋を渡ったところで、勘兵衛は足を止めた。

「事を大袈裟にしたくない。すまぬが、ふたりはここで待っててくれ」

「おひとりで大丈夫ですか」

鯉四郎に聞かれ、勘兵衛はうなずいた。

「ああ、ひとりで充分さ」

袖をひるがえし、颯爽《さっそう》と橋詰めを横切っていく。

人足たちが出入りする表口は慌ただしく、小銀杏髷の同心が踏みこんでも気を向ける者はいなかった。

「あっ、おめえ」

板の間の隅で、誰かが素《す》っ頓狂《とんきょう》な声をあげる。

中間の次郎吉だ。

人足たちの目が一斉に集まった。

巨漢の松島丸も、桟橋のほうから戻ってくる。

みなが静まりかえったところで、奥から暖簾を振り分け、主人の三筋屋俵右衛門があらわれた。

勘兵衛を見定めても、顔色ひとつ変えない。

「なるほどな。よくみりゃ、おぼえのある顔だが、むかし縄を打った小悪党とはおもえねえ。たった七年で、よくぞそれだけの悪相に仕上がったもんだぜ」

皮肉のたっぷり効いた物言いを、三筋屋はさも可笑しげに笑いとばす。

「いったいぜんたい、何を仰っておられるのやら。悪相は生まれつきにございます。旦那はどうも、勘違いをしておられるようで」

「ふうん、そうきたか」

勘兵衛は裾を割り、上がり端に尻を降ろす。

三筋屋も低い姿勢で身を寄せ、板の間に正座した。

次郎吉や松島丸は殺気を放ちつつも、遠巻きに眺めている。

勘兵衛は「ちっ」と、わざとらしく舌打ちした。

「この店は茶も出ねえのか」

「少しお待ちを」

三筋屋に顎をしゃくられ、次郎吉が渋い顔で奥へ引っこんだ。

ほどもなく運ばれてきた茶を口にし、勘兵衛はぺっと吐きだす。

「何だこりゃ、出涸《でが》らしの小便じゃねえか」

「ふん、爺の小便さ」

次郎吉は憎まれ口を叩き、三筋屋にぎろりと睨まれた。

肩を竦《すく》め、三和土の隅へ引っこむ。

勘兵衛はさり気なく、懐中から鑑札を取りだした。

「まずは、十手を返えしてもらおうか」

三筋屋が軽くうなずくと、今度は松島丸が奥に引っこみ、朱房の十手と大小を抱えてくる。それらを板の間ではなく、三和土のほうへ無造作に抛《ほう》ってみせた。

勘兵衛は表情も変えず、十手を拾って帯に差す。

「ふふ、この重みだ。腰が軽いと、やる気も出ねえ」

「何をなさるおつもりです」

三筋屋が三白眼に睨みつけてくる。

勘兵衛は声を荒らげた。

「きまってんだろう。悪党どもを締めあげんのさ」

「手前はまっとうな口入屋でござります。何ぞ、悪いことでもいたしましたか」

「すっとぼける仕種も、さまになってんじゃねえか。墨堤の崩落だよ。あら、おめえたちがわざとやったことなんだろう」

三筋屋は声を出さずに笑う。

「何を仰るかとおもえば、そんなおはなしですか」

「そんなはなしで悪かったな。崩れた玉石を調べてみりゃ、わかることなんだぜ」

「そいつはどうだか。素人の目でみても、わかりっこありませんよ。そもそも、町方の旦那がお調べになるのは筋違いにござりましょう。江戸の川岸はぜんぶ、材木石奉行さまのご領分にござりますからね」

「久米三太夫か」

「おっと、呼びすてはいけません。久米さまは御家禄七百石の御旗本であられます」

「おめえみてえな成りあがりが、どうやって久米に取り入ったんだ。まあ、こたえずともよいさ。どうせ悪党同士、馬が合っただけのはなしだろうぜ」

「少し口を噤まれたほうがよろしいかと。証しもなしにご託を並べれば、町方の旦那でも容赦はできませんよ」

「やっと本音が出たか。常八の遺骸を何処へやった」

「さあ、存じませんけど」

「おめえらは一線を越えた。殺めちゃならねえ男を殺めた。そのうえ、ほとけを粗末にするようなら、どんな言い訳も通用しねえ。おれは鬼になるぜ」

三筋屋はあきらかに、苛《いら》つきはじめている。

「さてはおめえ、女に逃げられたな」

唐突に勘所を突かれれば、どんな相手も黙りこむ。

三筋屋の反応を窺い、おれんは逃れたのだと察した。

「旦那、その辺にしといたほうがいい。鑑札を置いて、さっさと消えてもらえませんかね」

「そうはいかねえ。おめえ、娘がいたな」

「ええ、おりますけど」

「名は」

「おさとです」

「鑑札を渡してほしかったら、おさとを連れてこい。場所と日時はあとで知らせる。おさとと交換に鑑札を渡してやる」

「やれやれ」

三筋屋は溜息を吐いた。

「あの女の差し金ですか」

「そうおもうのか」

「ふん、女ってのは恐え生き物だな」

三筋屋は地金を晒し、声色まで変える。

「あの糞あま、耄碌爺《もうろくじじい》の尻子玉《しりこだま》まで抜いちめえやがった」

「小悪党め、地団駄を踏んで口惜しがるがいいぜ」

「ふん、一本取った気でいるみてえだな」

「粋がるんじゃねえ。おめえみてえな小悪党なんざ、いつだってお縄にできる。おれの狙いは、おめえの後ろに控えている偉そうな野郎どもだ。そいつらを束に纏めてふん縛るのが、臨時廻りの御役目なのさ」

三筋屋はぐうの音も出ず、じっと睨みつけている。

勘兵衛はやおら腰を持ちあげ、大小を帯に差した。

「さて、用事は済んだ。首を洗って待ってな」

「けっ、そいつはこっちの台詞だよ。七年前の恨みは、きっちり返えしてやるかんな」

「吠えてろ」

踵を返して外へ出ると、松島丸に大量の塩を撒かれた。

どしん、どしんと、元相撲取りは四股まで踏みだす。

「糞爺め、おぼえてやがれ」

次郎吉の罵声を浴びても、勘兵衛は振りむきもしない。

竜閑橋のそばでは、鯉四郎と銀次が心配そうに待っていた。

「少しは時を稼ぐことができそうだ」

勘兵衛はうそぶき、余裕の笑みを浮かべる。

「つぎの一手は、どうなされます」

「相手の出方を待って、策を練るとしよう」

鯉四郎の問いに明るく応じ、勘兵衛は竜閑橋を渡りはじめる。

右手を眺めれば、御濠を挟んで千代田城の甍《いらか》がみえた。

青銅の甍は陽光を反射させ、眩いばかりに輝いている。

勝算はないが、負ける気はしない。

ともあれ、勝負はここからだ。

勘兵衛はぎゅっと、唇もとを引きしめた。

八

夕刻、本所の百本杭《ひゃっぽんぐい》で男の遺体がみつかった。

もしやとおもって駆けつけると、常八にまちがいなかった。

十軒河岸から河口に捨てられ、上げ潮に乗って流されたのだろう。

新たな怒りが湧《わ》いてきた。

常八は土手の一部が崩落したからくりを暴こうとして、口を封じられたのだ。それ以外には考えられない。

空には上弦の月がある。

風鈴蕎麦の屋台を探しに、勘兵衛は両国広小路までやってきた。

権蔵だけには、自分の口で常八が死んだことを伝えねばならぬ。

耳を澄ませても風鈴の音は聞こえず、虚しい気持ちで引き返した。

するとそこへ、怪しげな三人組の浪人たちがあらわれた。

勘兵衛の風体をみれば、夜廻りの十手持ちとわかるはずだ。

物盗りではなかろう。

ひょっとしたら、刺客《しかく》かもしれない。

——火の用心、さっしゃりましょう。

大橋のたもとに、番太郎の提灯が揺れていた。

それ以外に人影はない。いや、浪人どもの後ろから、黒頭巾で顔を隠した侍が遅れて従いてきた。

頭巾侍は立ち止まり、さきに行かせた連中に指示を繰りだす。

「殺れ」

髭面の浪人どもが、一斉に刀を抜きはなった。

抜き方をみれば、力量はたちどころにわかる。

まんなかのひとりを除けば、たいしたことはない。

だが、勘兵衛は手負いだ。いつもの動きはできない。

「やっ」

右の浪人が踏みこんでくる。

小手調べのつもりだろう。

勘兵衛は十手ではなく、一尺二寸の刀を抜いた。

初太刀の袈裟懸けを受けずに躱し、相手の懐中に飛びこむや、刀を素早く逆手に持ち替え、柄頭《つかがしら》を顎に突きあげる。

——がつっ。

浪人は声もなく倒れ、起きあがってこない。

「ふうん、見事な柄砕《つかくだ》きだな」

感心してみせたのは、後ろの頭巾侍だった。

「老い耄れにしては、なかなか素早い動きをする」

少し嗄《しゃが》れ気味の声は、何処かで聞いたおぼえがある。

おもいだしかけたところへ、まんなかの浪人が乗りだしてきた。

「そいっ」

長尺の刀で突いてくる。

と、みせかけ、刺し面を狙ってきた。

勘兵衛はひょいと躱し、腰を捻りながら水平斬りを繰りだす。
――ぶん。
刃風が空を切った。
相手は腰を屈めたまま、つっと身を寄せてくる。
鍔迫《つばぜ》り合いになれば、押しこまれるにちがいない。
ぱっと退くや、すかさず、上段斬りを見舞われた。
――きいん。
頭上で熾烈にはね返す。
すると、刀が棟区《むねまち》からぐにゃりと曲がった。
「くそっ、鈍刀《なまくら》め」
刃を潰した刃引刀なのだ。
「もらった」
浪人は吐きすて、右八相に高く構える。
刹那、あらぬ方角から礫《つぶて》が飛んできた。
――ひゅん。
礫は浪人の右肘に命中し、からだをぐらつかせる。

今だ。

勘兵衛は低い姿勢で突っこんだ。

頭から胸にぶちあたると、浪人はたまらずに尻餅をついた。

「旦那っ」

礫を投げた銀次が、叫びながら駆けてくる。

銀次よりも遥かに早く、黒い影が疾駆してきた。

鯉四郎だ。

「ぬおおお」

大声で威嚇しながら、猛然と突っこんでくる。

狙いは頭巾侍だった。

「ぬりゃ……っ」

宙に跳んで刀を抜き、斬りかかろうとする。

ところが、真横から割ってはいった三人目の浪人に阻まれた。

「死ね」

「何の」

鯉四郎は上段の一撃を易々と躱し、逆しまに浪人の脇胴を抜いた。

これでもいいのだ

ジェーン・スー

思ってた未来とは違うけど、これはこれで、いい感じ。「私の私による私のためのオバさん宣言」ほか、じんわりしみるエッセイ66篇。〈解説〉宇垣美里

●704円

主よ、永遠の休息を

新装版

誉田哲也

暴力団事務所との接触で、若き通信社記者は、ある誘拐殺人事件の犯行映像がネット配信されている事実を知るが……。慟哭のミステリー。〈解説〉瀬木広哉

●814円

知的機動力の本質

アメリカ海兵隊の組織論的研究

野中郁次郎

アメリカ海兵隊の体現する知的機動力を解明し、日本的経営の創造の方位を示す。旧日本軍の敗因を分析した『失敗の本質』の姉妹篇にして組織論研究の決定版。

●990円

剣神 風を斬る
神夢想流林崎甚助4

岩室 忍

書き下ろし

関ヶ原の戦い、始まる。薩摩の島津が睨みを利かせ、加藤清正、黒田如水、立花宗茂ら猛将智将がしのぎを削る九州で、甚助は獣の如き新免武蔵と相見える！

●880円

あたしとママのファイトな日常

山本幸久

人間関係、職場の不満、将来への不安。全部まとめて打つべし、打つべし！「好き」という気持ちが世界を変える、母と娘の物語。特別書き下ろし短篇を収録。

●946円

新装版 クレィドゥ・ザ・スカイ
Cradle the Sky

森 博嗣

空から墜ちた「僕」は「彼女」の車で逃亡する。空に戻ることを渇望しながら、もうその日は来ないと予感して……。翼を失ったキルドレの物語。〈解説〉押井守

●858円

華国神記1
名を盗られし神は少女となりて

九条菜月

下級官吏・鄭仲望の前に現れた少女・春蘭。真名を奪われた神だと主張する彼女は鄭家に居候を決め込むが……。中華ファンタジー！

●858円

イエス伝

若松英輔

イエスの生涯は、キリスト教の視点や学問的なアプローチから論じるだけでは見えてこない。気鋭の批評家とともに、『新約聖書』の四福音書を丹念に読み直す。

●1100円

四季のうた
雨ニモマケズ

長谷川 櫂

生まれながら「カルマの網」に捕らえられた人間の諦めと願いと救いとは——。読売新聞に連載中のコラム「四季」の二〇二〇年四月から一年分を収録。

●880円

此一戦
日本海海戦記

水野広徳

皇国の興廃、此の一戦にあり。水雷艇艇長として従軍した著者が臨場感をもって描く。桜井忠温『肉弾』に並ぶ日露戦ルポルタージュの白眉。〈解説〉長山靖生

●990円

決定版 ゲゲゲの鬼太郎1
妖怪大戦争・大海獣

水木しげる

一九六〇年代から八〇年代にかけて雑誌連載された「ゲゲゲの鬼太郎」を一挙収録する決定版文庫シリーズ、いよいよ刊行開始！　カラー口絵も掲載。

●880円

「ぐはっ」

相手は派手に倒れたが、死んではいない。

鯉四郎の白刃も、刃引きがなされていた。

勘兵衛と刀を合わせた浪人が起きあがり、尻尾を巻いて逃げだす。

「ちっ」

それをみた頭巾侍も後退り、こちらに背を向けた。

一目散に広小路を突っ切り、柳橋のほうへ遠ざかる。

闇に消えかけた背中を、銀次が必死に追いかけていった。

冷たい地べたには、気を失った浪人がふたり転がっている。

勘兵衛は十手を帯に差し、不機嫌そうに口を尖らせた。

「鯉四郎、わしを尾けたのか」

「はい。義父上に何かあったら、綾乃に泣かれてしまいますから」

「すまなんだな」

「当然のことをしたまでです」

鯉四郎は見事な手並みで、刃引刀を黒鞘に納める。

「三筋屋め、本気で義父上を殺めようとしましたな」

「追いつめられた証しだろうが、刺客を放ったのは三筋屋の本意ではあるまい。最初から殺る気なら、おれは蔵のなかで死んでいた。あいつはおれに逆恨みを抱いている。ひとおもいに死なせたくなかったはずだ」

「それなら、いったい誰が刺客を」

「三筋屋の後ろに控えた野郎さ。あの覆面侍、顔は隠せても声までは隠せなかった」

「誰なんです」

「手代元締の草間伴四郎。常八を殺めた野郎さ」

まちがいあるまい。銀次が追いついてくれれば、答合わせができるはずだ。

「義父上の読み筋は当たっておりましょう。わざと土手を崩落させ、公金を私せんとする。事情を知る者や探る者は、口を封じてでも黙らせる。かような悪事をやってのけられるのは、てっぺんで仕切る者しかおりませぬ」

「おめえの言うとおり、草間の後ろには久米三太夫が控えている」

材木石奉行の久米は不正をおこなうにあたり、汚れ役を平然とこなせる者を必要とした。お眼鏡にかなったのが草間伴四郎であり、三筋屋俵右衛門だったにちがいない。

「証しはないが、すべては久米三太夫の指図でおこなわれたことだろう」

「いかにも」

鯉四郎はうなずき、転がった浪人どものほうへ向かう。

――ちりんちりん。

薬研堀の方角から、風鈴の音色が近づいてきた。

「ん、おったか」

勘兵衛は闇をみつめ、眉間に皺を寄せる。

「辛え役目だな」

権蔵には常八の死を告げ、そのうえで頼みたいことがあった。

「鯉四郎、浪人どもは放っておけ」

「そういうわけにはいきませぬ」

「どうせ、叩いても何も出てきやせぬ。それより、温けえ蕎麦でも食おう。おれは月見にする」

「されば、それがしも」

「おぬしは大盛りだな」

「はい」

見上げた空には、半月が煌々と瞬いている。

湯気を纏った屋台は、鼻先まで近づいていた。

九

翌夕、おもいもよらぬところから呼びだしを喰らった。

吟味方与力の門倉角左衛門が、廻り方の屯《たむろ》する南茅場町の大番屋へ使いを寄こしたのだ。

さっそく数寄屋橋御門内の南町奉行所へおもむき、奥の御用部屋を訪ねてみると、門倉はいつにもまして、しかつめらしい四角い顔で待っていた。

「長尾、何をやらかした」

最初から、恫喝《どうかつ》口調で問われる。

「今朝のはなしじゃ」

御城中の松之廊下で、御奉行の根岸肥前守が若年寄の植村駿河守《うえむらするがのかみ》に呼びとめられ、小言を頂戴したのだという。

「臨時廻りが材木石奉行の領分を荒らしておるようなので、屹度《きっと》叱りおくようにとのおはなしであった。よほどのことでもなければ、直々にかようなお叱りは頂戴せぬ。相手構わず揉め事を起こす臨時廻りと申せば、長尾勘兵衛しかおもいあたらぬゆえ、本人によくよく事情を質してみよと、御奉行は仰せでな」

「ありがたいおことばにございます」

「何を申す。おぬし、ふざけておるのか。駿河守さまに叱られたのじゃぞ。はなしの内容次第では、御役御免を申し渡さねばならぬ。それほどの一大事ぞ」

「困りましたな」

「そうはみえぬ。いつもどおり、のほほんとしておるではないか」

「とんでもございませぬ。どうか、この顔をよくご覧になってくだされ」

　門倉は膝を乗りだし、眸子を細める。

「ようみえぬな」

　ひとりごち、懐中から四角い箱を取りだす。

　箱の蓋を開けて取りだしたのは、鼈甲《べっこう》縁の丸眼鏡だった。

「近頃、遠くも近くもようみえぬようになってな」

「お年にございますな。それがしも、浅草駒形町の『浦島堂《うらしまどう》』を贔屓《ひいき》にしております」

「紺の暖簾に白抜きで『宝珠の玉』と書かれた眼鏡屋か」

「さようにございます。『浦島堂』の主人は亀助《かめすけ》と申しましてな、それがしも眼鏡をいくつかこさえましたが、細工に関しては亀助が江戸随一かと」

「それはよいことを聞いた」

門倉は眼鏡を掛け、あらためて勘兵衛をじっとみる。

「ん、鼻が曲がっておるではないか。怪我をしたのか」

「不覚にも階段から落ち、鼻の骨を折りました」

説くのも面倒なので嘘を吐いた。

「踏んだり蹴ったりだな」

「それはそれとして、御役御免だけはご勘弁願いたく存じまする」

「御奉行もわしも本意ではない。されど、身分の低き者が高き者へ抗えぬは道理、たがいに御役目の領分を侵さぬは最低の礼儀じゃ。お上の秩序を保つためならば、心を鬼にせねばならぬときもある」

「仰せのとおりにござります」

「あいかわらず、口先だけのようじゃな。おぬしはちと暢気すぎるぞ」

幕政を司る若年寄を煩わせた責は重いと、門倉は渋面でくどくど説諭しつづける。

途中から勘兵衛はほとんど聞いていない。はなしが途切れたところで、空咳をひとつ放った。

「されば、ご説明を。墨堤の一部崩落について、疑わしき事情がござります」

勘兵衛はこれまでの経緯を順序立てて伝えたが、おれんの色香に惑わされて罠に嵌まり、蔵へ閉じこめられて往生したことだけは省いた。

門倉は低く唸り、しばし黙然と考えこむ。

そして眼鏡を外すと、重い溜息を吐いた。

「どうせ、そんなことだろうとおもうたわ。御奉行も懸念されたとおりじゃ」

「さすがにございます」

「茶化すでない」

「はっ」

「わしも妙だとおもったのじゃ。何故、材木石奉行ごときが駿河守さまに泣きついたのか。よほど都合の悪いことが起こったとしかおもえぬでな」

「普請を御役目とする者が、あろうことか、土手をわざと壊しておるわけですからな。しかも、普請に投じられた公金を私せんとするためにやっておるのだとすれば、前代未聞の重罪にござりましょう」

「されど、それを証し立てできるのか」

水中に積みあげる玉石の見分けは、黒鍬者でも難しい。

「素人では、とうてい判別できますまい」

「それを見込んで、材木石奉行は信じ難い不正に手を染めたのであろうよ」

「仰せのとおりにござります」

「証し立てできねば、不正はないものと同じ。罪に問われるのは、あらぬ疑いを抱いたおぬしのほうじゃ。今ここで引かせねば、わしゃ御奉行とて駿河守さまから責を問われよう」

「なるほど、そうなりますか」

「ちなみに、玉石の不正を証し立てできる者はおるのか」

「おります」

勘兵衛は確信を込めて言い、眸子を光らせた。

さきほどまでとは、あきらかに顔つきがちがう。

喩えてみれば、獲物を捕らえた猛禽《もうきん》の顔であった。

「ふうむ、困ったな」

「と、仰ると」

「おぬしに身を引けと命じれば、波風は立てずに済まされよう。されど、これからも土手の崩落はつづくかもしれぬ。そうなれば、何故あのとき長尾勘兵衛を走らせなかったと、御奉行はお怒りになろう」

「板挟みにござりますな」

「おぬしのせいじゃ。他人事ではないぞ」

「承知してござります。すべては、それがしの一存でやったことにしていただければよろしいかと」

「じゃから、そういうわけにはまいらぬと申しておろう」

「いいえ、何とかなります。証し立ての機会さえ得られるのであれば、それがしの命を差しだしてもかまいませぬ。証し立てできぬようなら、その場で腹を切りまする。乱心した老い耄れ同心が勝手に命を絶ったことにしていただければ、おそらく、何事もなかったことになりましょう」

「困ったやつだな。されど、それ以外に良い思案も浮かばぬ」

門倉は膝を躙りよせてきた。

「じつはな、明後日の朝、材木石奉行が墨堤へ出向くそうじゃ」

定例でおこなわれる月に一度の視察らしい。

「よくぞ、お知らせくださいましたな」

「こうなるかもしれぬとおもうて、調べておいたのよ」

材木石奉行の面前で不正を証し立てできれば、若年寄から文句を言われる理由はなくなるはずだ。

「好機は一度しかないぞ。できるのか、おぬしに」

「できぬときは、その場で腹を切りましょう」

「よし、覚悟のほどはわかった」

「ひとつだけお願いが」

「何じゃ」

「根岸さまにご迷惑を掛けるわけにまいりませぬ。このことは内密にしていただいたほうがよろしいかと」

「たしかにな」

門倉は曖昧に応じて押し黙り、ふたたび、思案しはじめる。

無謀な約束をしてしまったが、かえって覚悟も決まった。

五分五分の勝負になろうが、命を懸ける意味はあろう。

ただし、腹を切るまえに、やっておかねばならぬことがある。

おれんとの約束を果たすべく、三筋屋に連絡を取り、おれんの娘と鑑札を交換しなければならない。

段取りを急がねばならぬと、勘兵衛はおもった。

十

夜までに段取りを決め、三筋屋に使いを走らせた。

——明晩亥ノ刻、采女ヶ原馬場。

銀次によれば、勘兵衛を襲った黒覆面の正体はおもっていたとおり、手代元締の草間伴四郎だった。御徒町《おかちまち》の組屋敷に住んでいるという。梶派《かじは》一刀流の免許皆伝らしいが、真偽のほどはわからない。

いずれにしろ、三筋屋との繋がりはあきらかになったし、明晩のことも三筋屋から草間に告げられよう。さらに、草間から材木石奉行の久米三太夫にも伝えられる公算は大きい。

ただし、久米や草間がみずから動くかどうかは別のはなしだ。勘兵衛の暗殺に失敗《しくじ》っただけに、様子眺めに徹することも充分に考えられる。

「どちらでもかまわぬ」

采女ヶ原にすがたをみせずとも、久米たちの寿命が一日延びるだけのはなしだ。

翌朝、勘兵衛は浅い眠りから目覚め、朝風呂に浸かりに芝居町の『福之湯』へ向かった。

番台にはいつもどおり、雌牛のような銀次の女房が座っている。

おしまは挨拶もそこそこに、似合わぬ流し目を送ってきた。

「旦那も隅に置けませんよ」

「どうした、朝っぱらから」

「今朝早く、垢抜けた三十路年増がやってまいりましてね、旦那にお言付けをと仰り、こちらを」

四つに折りたたんだ一寸書を手渡される。

「すぐにいなくなっちまったから、詳しい事情は聞いておりません」

湯屋はまだ開けておらず、竹箒で外を掃いていると、声を掛けられたという。

一寸書には蚯蚓《みみず》の這ったような字で、御礼のことばが綴られていた。

――長尾勘兵衛さま、ご厚情はけっして忘れません。やっぱり、逃げまわるべきではないと悟りました。娘を連れ戻しにまいります。ご武運を　かしく。

差出人の名はないが、おれんにまちがいあるまい。

三筋屋に戻れば、あっさり捕まって折檻されるだけのはなしだ。

浅はかなと詰《なじ》るのは容易いが、おれんの気持ちもわからぬではない。

頭のなかは、七つの娘へのおもいだけでいっぱいだったのであろう。

もはや、おれんは捕まったとみるべきだ。

それならそれで、やり方はある。

いずれにしろ、三筋屋も腹を決めているはずだった。

要は、やるかやられるか、ふたつにひとつしかない。

昼間はめずらしく家に籠もり、ろくに飯も食べずに夜を待った。

もちろん、鯉四郎と銀次には段取りを伝えてある。

ふたりには隙をみて、おれんと娘を救いだしてもらわねばなるまい。

勘兵衛は采女ヶ原へ向かった。

相手からみれば、ひとりでやって来たようにしかみえない。

若い頃からの悪い癖で、無性に暴れたくなるときがある。

綾乃からは「ほんとうにお止めください」と叱られたが、今宵はからだが動かなくなるまで暴れてやるつもりだ。

「やるときはやる。それが長尾勘兵衛さ」

携えた十手も、いつもとはちがう。背帯に挟んでいるのは、長さ二尺五寸もある打払い十手だった。長さ二尺四寸の分銅鎖《ふんどうぐさり》も隠し持っている。気楽流《きらくりゅう》の飛び道具で、上手に使えば威力を発揮する。しかも、分銅は鈴形になっており、投じるたびに、ちりりんと可愛い音を鳴らす。

前帯には脇差しか差しておらず、腰回りは軽そうにみえた。

――ごおん。

亥ノ刻の鐘音を聞きながら、勘兵衛は細紐で襷《たすき》掛けをほどこす。

空にはいびつな月があり、行く手には采女ヶ原が迫っていた。

指定した馬場を除けば、一面の薄《すすき》ヶ原《はら》にほかならない。

鯉四郎と銀次は気配を消し、上手に潜んでいるようだ。

石仏の馬頭観音を囲むように、敵は大人数で待ちかまえている。

勘兵衛は怯むこともなく、大股でどんどん近づいていった。

馬頭観音のそばに、三筋屋俵右衛門のすがたがみえる。

かたわらには太刀持ちよろしく、次郎吉が控えていた。

向かって右手には喧嘩装束の破落戸どもが十人余りはおり、反対の左手には食い詰めた浪人どもが七、八人ほど屯している。勘兵衛ひとりにたいして敵は約二十人、ずいぶん大袈裟な陣容だが、これも想定の範疇《はんちゅう》であった。

勘兵衛は歩きながら、注意深く周囲をみまわす。

馬頭観音の後ろに灌木が立っており、木陰に人影がちらちらみえた。

「あそこか」

おれんと娘を隠しているのだろう。

鯉四郎と銀次ならば、容易に気づくはずだ。

「よし」

勝算ありと胸中につぶやき、勘兵衛は敵中深く踏みこむ。

「ふへへ、まさか、ひとりで来るとはな」

三筋屋が嗤った。

負ける気がしないのだろう。

「鑑札は持ってきたか」

「ああ、持ってきたぞ」

「みせてみろ」

「そっちがさきだ」

三筋屋が顎をしゃくったさきは、やはり、後ろの灌木だった。

巨漢の松島丸がのっそりあらわれ、後ろ手に縛ったおれんと娘を引っ張りだす。

悲鳴をあげさせぬためか、ふたりは猿轡《さるぐつわ》まで嚙まされていた。

「約束は守ったぜ。あのとおり、おれんはのこのこ戻ってきやがってな、長尾勘兵衛が死んでいくさまを見物してえんだとよ」

「七つの娘まで縛りつけるのか」

「おれの娘だ。どうしようと勝手だろうが」

「娘が可愛くはねえのか」

「そりゃ可愛いさ。でもな、可愛いのはせいぜい九つまでだ。十でつ離れが済んだら、美人局《つつもたせ》で稼いでもらう。へへ、縹緻良しの女にゃ使い道があるのよ。おめえだってわかんだろう。老い耄れのくせして、おれんの色気で骨抜きにされちまったんだからな」

強く否定はしない。だが、今となってはどうでもよいことだ。

勘兵衛は懐中から、鑑札を取りだした。

「鑑札はここにある。さきに、ふたりをこっちに寄こせ」

「そうはいかねえ」

「なら、どうする」

「へへ、おめえを始末すりゃ済むはなしさ。膾《なます》斬りにしてから、鑑札を返えしてもらうぜ」

「わしを殺るのは、おぬしの一存か。それとも、後ろ盾に命じられたのか」

「どっちだっていいさ。七年越しの恨みを晴らしてやる」

勘兵衛はうなずいた。

「恨みを晴らすのは勝手だが、ひとつだけ教えてくれ。土手を崩落させた黒幕は誰だ。それさえ吐けば、罪一等を減じてやってもいい」

「ひゃはっ、おめえ、この人数相手に勝つ気でいるのか。だとすりゃ、まともじゃねえな。ところで、罪一等を減じるってな、どういうことだ」

「今のままなら、おぬしは磔獄門になろう。だが、引きまわしだけは勘弁してやる。何なら、屍骸の様斬《ためしぎ》りも免除してやろう」

「けっ、冗談じゃねえ」

三筋屋は横を向き、ぺっと唾を吐いた。

もはや、破落戸の頭目と何ら変わりない。

勘兵衛はしつこく質す。

「黒幕は材木石奉行か」

「ふん、わかってんなら聞くんじゃねえ。久米さまは札差にたいそうな借金がおありでな、そいつをちゃらにする方法をお教えしたら、おれさまを御用商人に格上げしてくださったのよ」

「なるほど、それが半年前のはなしか。土手を崩落させる禁じ手は、おぬしがおもいついたのだな」

「ああ、そうさ。上方でおぼえた手管よ。崩れた玉石は水の中だし、不正を調べるのは材木石奉行だかんな、玉石に詳しい黒鍬者どもが騒ぎださねえかぎり、お上にゃばれっこねえ。へへ、久米さまは、はなしのわかるおひとでな、おれにも運が向いてきたってわけだ」

「ふむ、よくわかった」

「死出の餞《はなむけ》さ。おれは今日という日を指折り数えていたんだ。へへ、そろりと逝ってもらうとするか」

三筋屋は胸を張り、周囲の連中を煽りたてた。

「おめえら、早い者勝ちだぞ。老い耄れを殺ったやつにゃ、おまけで十両くれてやる」

「うおおお」

金の亡者どもが雄叫びをあげ、雪崩を打って駆けだした。

十一

灌木のほうをちらりとみたが、鯉四郎と銀次の影はない。

「よし、ひと暴れさせてもらうか」

勘兵衛は後ろに手をまわし、打払い十手を抜いた。

「殺っちまえ」

破落戸どもが段平《だんびら》を一斉に抜き、闇雲に襲いかかってくる。

勘兵衛はじっと身構え、不動石のごとく動かない。

「死ね」

ひとり目の突きを躱し、鉄の十手で顎を砕いた。

さらに、すっと沈みこむや、ふたり目と三人目の脛《すね》を砕く。

「ぎゃっ」

派手に転がる三人を目の当たりにして、残りの連中は二の足を踏んだ。

それをみた浪人どもが、前面に押しだしてくる。

ひとりずつ白刃を抜き、四方を取りかこんだ。

「殺れ、殺っちまえ」

後方から、三筋屋と次郎吉が煽りたてている。

灌木のほうに目をやると、動きがあった。

左右から、ふたつの影が忍びよっていく。

鯉四郎と銀次であろう。

勘兵衛はにやりと笑い、懐中に手を突っこんだ。
取りだした鎖を両手で握り、片方の分銅を頭上でぐるぐる廻しはじめる。
――ちりりん、ちりりん。
分銅の鈴音が馬場に鳴り響いた。
浪人どもが後退る。
回転の速度が増すと、鈴音は鳴らなくなった。
浪人どもは警戒し、安易に踏みこんでこない。
「何してやがる。老い耄れを斬ったら十両だぞ。欲しかねえのか」
後ろの声に促され、ひとりが駆けだした。
「ふん」
勘兵衛は巧みに鎖を扱い、絶妙の機を捉えて分銅を投じた。
ひゅるると、鎖が蛇のように伸びる。
――がっ。
先端の分銅が、浪人の眉間に命中した。
――ちりん。
鈴音とともに、浪人はばったり倒れる。

勘兵衛は鎖を回収し、ふたたび、頭上で旋回させはじめた。

——ぎゅるん、ぎゅるん。

浪人も破落戸も飛びこめず、囲む以外にできることはない。

一方、灌木のほうでは、松島丸が怒声を張りあげていた。

「ぐおっ」

鯉四郎に誘いだされ、峰打ちの一刀を浴びたのだ。

それでも、松島丸は倒れない。

「ぬがっ」

額から血を流しながらも四股を踏み、鯉四郎に突進していく。

その間隙をついて、銀次がおれんと娘を助けだした。

あっという間の出来事ゆえ、三筋屋も事態を把握できない。

「こっちにもいるぞ。仲間がいるぞ」

次郎吉の叫び声に、みなが一斉に振り向いた。

「はっ」

鯉四郎が二間近くも跳躍し、大上段から一刀を降りおろす。

——ばきっ。

さしもの松島丸も頭蓋を割られ、伐られた大木のように倒れていった。

もはや、勝負はついたも同然だ。

勘兵衛は駆けだし、及び腰になった連中のなかへ躍りこむ。

「くおっ」

鬼の形相で打払い十手を振りまわした。

――ばこっ、ぼこっ。

強そうな浪人に狙いを定め、急所の眉間や首筋を叩きつけ、十手の先端で鳩尾を突いていく。

端金で雇われた連中は弱い。

鯉四郎も加勢すると、抗う術もなく倒れていった。

頃合いよしと判断し、勘兵衛は大声を張りあげる。

「ここからさきは容赦せぬ。この場で死ぬか、土壇送りになるか、ふたつにひとつだ。ただし、逃げる者は追わぬ。さあ、尻尾を巻いて消えやがれ」

浪人のひとりが背をみせると、ほかの連中も一斉に逃げだす。

蜘蛛の子を散らすように人影は失せ、馬頭観音のそばに三筋屋と次郎吉だけが残された。

おれんと娘は縄を解かれ、銀次とともに灌木の陰からみつめている。

勘兵衛は打払い十手を提げたまま、ゆっくり近づいていった。

「こんにゃろ」

次郎吉が段平を抜き、だっと駆けてくる。

真横から鯉四郎が割ってはいり、袈裟懸けの一刀を浴びせた。

「にひぇっ」

次郎吉は白目を剝いたが、死んではいない。

せいぜい、鎖骨を折られた程度であろう。

勘兵衛は目もくれず、馬頭観音の手前まで歩を進める。

三筋屋は中腰になり、懐中に右手を突っこんだ。

「くそっ、死にさらせ」

匕首を抜き、突きかかってくる。

「ふん」

勘兵衛は微動もせず、無造作に十手を振りおろした。

――ばきっ。

匕首が地べたに落ちる。

三筋屋は手甲の骨を砕かれ、その場に蹲った。

勘兵衛は鑑札を抛る。

「ほら、返えしてやるよ」

「……こ、こんちくしょう」

三筋屋はぶるぶる震えながら、必死に声を絞りだす。

勘兵衛は打払い十手を仕舞った。

「莫迦だな、おめえは。勝てるとでもおもったのか」

「……お、おれはまだ……あ、あきらめねえ」

「久米か草間が助けてくれるとでもおもってんのか。ふん、甘え野郎だぜ。おめえはもうお払い箱だ。やつらにとっては用無しさ」

「……そ、それなら……じ、地獄に道連れだ」

「おう、そうするがいい。白洲で何もかもぶちまけちまえ。すっきりするぜ」

「げへへ」

「何が可笑しい」

「喋らねえよ……お、おれにだって……く、糞意地がある」

むぎゅっと、嫌な音がした。

半笑いの三筋屋が、口から血を流している。

「こいつめ、舌を噛みやがった」
鯉四郎が身を寄せても、手のほどこしようはなかった。
おれんは泣きたいのを我慢しながら、娘の顔を掌《てのひら》で隠している。
ふうっと、勘兵衛は溜息を吐いた。
何やら虚しい。
どんな悪党でも、最期は罪を償って死んでほしいとおもうからだ。
同時に、名状し難い怒りが湧きあがってくる。
頭に浮かんだのは、三筋屋が死んで助かる連中のことだ。
もっとも、材木石奉行の面相は知らない。
明日になれば、嫌でも拝むことになろう。
勘兵衛は屈みこみ、三筋屋の瞼を閉じてやった。
「捨てられたおめえの恨みも晴らしてやるよ」
つぶやいてみせ、やおら腰を持ちあげる。
泣き顔のおれんが、深々とお辞儀をした。
幼い娘を連れて、これからどうやって生きていくのか。
不安よりも今は、娘の命を救ってもらった感謝の念でいっぱいなのだろう。

勘兵衛は眸子を瞑り、苔生《こけむ》した馬頭観音に手を合わせた。

七年におよんだ長旅の結末がこれでは、あまりに虚しすぎる。

どうか、遺された母と娘だけは幸せになってほしいと、心の底から祈ることしかできなかった。

十二

弥生《やよい》十日、墨堤。

花散らしの風が吹いていた。

竹屋ノ渡しから三囲稲荷をのぞめば、鳥居や参道は花吹雪《はなふぶき》に覆われている。

――ごおん。

朝の四つを報《しら》せる鐘音は、大川を挟んだ対岸の浅草寺で撞《つ》かれた時鐘《ときのかね》であろうか。

黒鍬者たちは今日も朝から、普請場で土掘りや畚《もっこ》運びといった力仕事に汗を流している。煙管を喫《ふ》かすどころか、無駄口を叩く者もいない。どことなく張りつめた空気が漂っているのは、材木石奉行の視察があるからだろう。

「おら、ぐずぐずするな。もっと気合いを入れろ」

声を張りあげるのは、組頭の喜平であった。

みなに笑いの種を振りまいていた常八は、もうここにはいない。お上に抗ったせいで命を縮めたのだと囁く者もあったが、多くの者はお上に抗う牙を研ごうともせず、日銭を稼ぐしかないものとあきらめている。

こうした連中の気持ちを動かすのは並大抵のことではなかろうなと、勘兵衛はあらためておもった。

墨堤にはひとりで来ようとしたのに、鯉四郎と銀次も従いてきた。

勘兵衛が冗談まじりに「介錯《かいしゃく》を頼むぞ」と言えば、鯉四郎は本気で怒りながら「ぜったいに腹は切らせませぬ」と応じる。

気分だけは昂揚していたが、これといって策はない。材木石奉行と対峙《たいじ》し、黒鍬者の良心に訴えるしかなかった。訴えがみなの心に響かねば、みずからの一存でやったことの証しとして、皺腹を切るしかなかろう。

何故、そこまでやらねばならぬのか。

柳生但馬守宗矩《やぎゅうたじまのかみむねのり》がとある旗本の信条を聞き、それだけで新陰流の免状を授けた逸話をおもいだす。

――侍というもの、一命を惜しまぬことに極まる。

と、但馬守に語った旗本の信条こそが、侍のあるべきすがたなのだ。

もちろん、そんなことは忘れて、平常《ふだん》はのほほんと暮らしている。市中を歩きまわるのが役目の臨時廻りにすぎぬものの、大勢の人々が迷惑をこうむる悪事不正を見過ごすわけにはいかない。

もちろん、侍である必要はないが、侍であればなおさら、目を背けてはならぬ。正義を全うする者の矜持を携えているというのならば、たとえ相手が大名だろうが将軍だろうが、真正面から命懸けでぶつかっていくべきであろう。

今がそのときではないのかと、勘兵衛はみずからを鼓舞した。

何者かの私欲のために、常八は命を失ったのだ。黒鍬者たちが口を封じられたままでよいわけがない。

「やらねばならぬ」

舌を嚙んだ三筋屋俵右衛門が、奇《く》しくも与えてくれた好機かもしれない。

どのようなかたちになろうとも、まことの悪を裁かねばならぬと、勘兵衛は決意をあらたにした。

「御成りだ、御成りだぞ」

手代元締の草間伴四郎が、鬢を飛ばすほどの勢いで駆けてくる。

目を向ければ、土手の向こうから大仰な駕籠の一行がやってきた。

露払いの供侍はもちろん、槍持ちや草履取りや挟箱持ちまでしたがえている。

草間や組頭の喜平は黒鍬者たちに向かって、土手の脇できちんと出迎えるように命じていた。

勘兵衛たちは物陰から様子を窺っている。

駕籠は土手の端まで進んで止まった。

草間が駆けより、垂れを捲りあげる。

草履取りが雪駄を置くと、白足袋の爪先だけが差しだされた。

「まるで、殿さま気取りですね」

鯉四郎が苦い顔で吐きすてる。

駕籠からあらわれたのは、塗りの陣笠をかぶった大柄の人物だ。

「ふうん、あれが久米三太夫か」

光沢のある絹地の羽織を纏っている。

久米は太鼓腹を突きだし、悠々と歩きはじめた。

陣笠に隠れて目つきはわからぬが、鼻は長太く、分厚い唇もとはへの字に曲がっている。

「みなの者、大儀」

発せられた第一声は疳高《かんだか》い。

土手の崩れた箇所へは敢えて向かわず、川向こうの景色を眺めては「富士は何処だ、何処にみえる」と、惚けた問いを投げかける。そして、花曇りで富士はみえぬとわかるや、ふてくされた顔で駕籠に戻ろうとした。

「あれが視察か、驚いたな」

銀次も呆気にとられる。

突如、土手下から誰かが叫んだ。

「御奉行さま、こちらをご覧ください」

みなが一斉に注目するなか、勘兵衛たちは物陰を離れ、上手に駆けあがった。

「どうか、こちらの玉石をご覧ください」

叫んでいるのは、黒鍬者のようだ。

年寄りにみえるが、頬被りをしているので顔つきはわからない。

「おい、無礼であろう」

草間が怒鳴りつけた。

久米がこれを制し、鷹揚に言いはなつ。

「よいよい、みてやろう」

久米につづいて、一行は土手を降りていった。

勘兵衛たちも、気づかれぬように土手を降りる。

土手下の一角には、玉石がいくつも並べられていた。

久米が身を寄せると、頬被りの黒鍬者がふたたび喋りだす。

「ここに並べた玉石は土留めにゃ向きません。使っちゃならねえ石なんです。こいつを積めば、水の勢いで崩れるにきまっているんだ。ちゃんとした黒鍬者なら、すぐにわかるはずなんです。それでも積んだとすりゃ、無理に指図されたとしかおもえねえ」

「黙れ、それ以上は言うな。おぬし、気でも触れたのか」

草間は口角泡を飛ばし、刀の柄に手を添える。

久米は不機嫌な顔で舌打ちし、踵を返しかけた。

「お待ちを、御奉行さま」

男は被った手拭いを外し、みなに顔を晒す。

権蔵であった。

普請場を離れて蕎麦屋の親爺になっても、黒鍬者で知らぬ者はいない。誰からも信頼されていた。草間や喜平でさえも、一目置いていたほどの男なのだ。

「……ご、権蔵か」

聞き返す草間のほうには顔を向けず、権蔵はあくまでも久米に語りかける。

「こんな玉石は積んじゃならねえんです。そいつを訴えようとした常八は死にやした。でも、仲間が何人死のうと、みてみぬふりはできねえ。吹けば飛ぶような黒鍬者にも糞意地があります。あっしの命なんざ、どうなってもいい。そこにいる連中が恥を掻くようなまねだけは止めてほしいんです。御奉行さま、どうか、どうか、正しいお裁きをお願《ねげ》えいたしやす」

権蔵は膝を折り、地べたに額《ぬか》ずいた。

十三

奉行相手にこれだけのことを並べたて、無事でいられるはずはない。

勘兵衛は感嘆しつつも、権蔵を引っぱりだしたことを後悔していた。

案の定、草間が呻くように吐きすてる。

「権蔵、覚悟しろ。今ここで成敗《せいばい》してくれる」

「喜んで」

草間は刀を抜こうとした。

集まった連中はみな、息を呑む。

「待て」

そこへ、声が掛かった。

小走りに近づいてきたのは、勘兵衛にほかならない。

奉行の久米に正面から向きあい、静かな口調で語りはじめる。

「御奉行さま、あの者の申し立て、聞き捨てなりませぬ。土手の崩落によって、近隣の村々に水の被害が及ぶは必定にござります。玉石のことが万が一にも真実ならば、十手を預かる者として見過ごすわけにはまいりませぬ」

「黙れ、おぬしは何者じゃ」

「南町奉行所の臨時廻り、長尾勘兵衛にござります」

「ん、その名、聞いたおぼえがあるぞ」

「三筋屋俵右衛門は捕らえました」

と、勘兵衛は嘘を吐いた。

「口書が得られれば、悪事の全貌はあきらかになりましょう。やましいことがおありなら、今ここで申し開きなされませ」

「何を申しておるのじゃ。わしをいったい、誰じゃとおもうておる」

「たとえ身分の高いお方でも、罪を犯せば裁きを受けねばなりませぬ」

「わしの罪を証し立てできると申すのか。ふん、口入屋の口書なんぞ、握りつぶしてくれるわ。何せ、玉石の白黒を判定いたすのは、このわしなのじゃからな。おぬしもせいぜい、首を洗って待っておるがよいぞ」

久米は背を向け、土手を上りはじめる。

だが、行く手には黒鍬者たちが立ちはだかった。

止めようとする組頭を退かし、ぞろぞろと土手を降りてくる。

死んだ常八の供養なのか、眸子を血走らせた連中は無言で迫ってきた。

「ええい、退け、退かぬか」

草間が刀を抜きはなった。

すかさず、勘兵衛が立ちはだかる。

「斬れるもんなら、斬ってみな」

「ああ、お望みどおり、斬ってやる」

草間は刀を頭上に振りあげた。

勘兵衛は本気で、斬られてもよいとおもった。

一方、鯉四郎と銀次は、草間を阻もうと身構える。

そのときだった。

土手の向こうから、蹄の音が聞こえてきた。

馬に乗った人物は、南町奉行の根岸肥前守にほかならない。

「どう、どうどう」

根岸は手綱を引き、ひらりと馬から降りた。

馬の背を追いかけてきたのは、四角い顔の門倉角左衛門だ。

門倉はどうにか追いつき、荒い息を吐きながら根岸を先導する。

黒鍬者の人垣を両手で掻き分け、ふたりは土手を降りてきた。

「あっ、肥前守さま」

つぶやいたのは、久米である。城内で顔を見知っていたのだろう。

一方、草間は知らなかったようで、刀を振りかぶったまま呆気に取られている。

「何をしておる、刀を納めよ」

門倉が叱りつけた。

草間は我に返り、きまりわるそうに納刀する。

門倉は黒鍬者たちに向かって、大声を張りあげた。

「ここにおわすお方を、どなたと心得る。南町奉行の根岸肥前守さまであられるぞ」

「へへえ」

勘兵衛が膝を屈すると、黒鍬者たちも同じように蹲った。

根岸は親しげな口調で、久米に声を掛けた。

「おぬしはたしか、材木石奉行の久米三太夫であったな」

「いかにも、さようにござります」

「視察か」

「はい」

「何故、かような騒ぎになっておるのだ」

「いやなに、肥前守さまのお手を煩わせるほどのことでは。小者どもから言いがかりをつけられましてな」

「どのような言いがかりだ」

「別に、たいしたことではありませぬ」

「たいしたことでもないのに、黒鍬者どもが目の色を変えておると申すのか。妙ではないか。しかも、そこな臨時廻りは、わしの配下じゃ。おぬしの配下は、何故、わしの配下を斬ろうとしておったのだ」

「……そ、それは」

鋭くたたみかけられ、久米はどぎまぎしだす。

根岸は袖をひるがえした。

「わしの配下に聞かねばわかるまい。のう、長尾勘兵衛、言いたい事があれば言うてみよ」

「よろしいのでございますか」

「許す。早う申せ」

「されば、あれにある玉石をご覧ください」

「ん、玉石とは土留めに使う石のことか」

「いかにも。あの玉石こそが崩落の原因にございました」

「ほう、されば、あの石を運ばせたのは誰じゃ」

「材木石奉行さまであられます」

「そこな久米三太夫に、非があると申すのだな」

「御意にございます」

慌てた久米が声をひっくり返す。

「お待ちを。崩落の原因を調べ、裁断を下すのはそれがしの役目にござる。いかに肥前守さまとて、口出しはご無用に願いたく存じまする」

「よう言うた。わしに堂々と強意見《こわいけん》するとは、おもった以上の悪党じゃな」

「悪党呼ばわりされる謂われはございませぬ」

「申し開きがしたくば、若年寄の駿河守さまにするがよい」

「げっ、駿河守さまはこのことを」

「憂慮しておられたわ。遠慮せず、わしが裁定してもよいと仰った」

「……ど、どうやって、裁定するおつもりか」

「黒鍬者たちに質せば、たちどころに白黒つけられよう。おい、門倉」

「はっ」

　命を受けた門倉は、黒鍬者たちに向きなおる。

「玉石に不備あるとおもう者は手を挙げよ」

　そこへ、久米が横槍を入れた。

「手を挙げるでない。挙げた者は罰せられるぞ」

　威しが効いたのか、誰ひとり手を挙げようとしない。

　久米も草間も安堵の溜息を吐き、勘兵衛を睨みつけた。

「肥前守さま、すべては長尾勘兵衛なる者のせいでございます。材木石奉行の領分を侵した責を取らせねばなりませぬ」

久米の指摘に、根岸はうなずいた。

「よし、なれば、この場で腹を切らせよう。長尾、よいか」

「承知いたしました」

勘兵衛が正座した瞬間、黒鍬者のひとりが手を挙げた。

勇気を出したひとりをきっかけに、一斉に手が挙がる。

土手いっぱいに、掌の花が咲いたようにも感じられた。

根岸は鬼の形相で睨みつける。

「久米よ、あれはどういうことじゃ」

「……そ、それがしには、与りしらぬこと」

久米は慌てふためき、草間に責を擦《なす》りつけようとした。

「何を仰せか。冗談ではござらぬ。それがしは、あなたに命じられたとおりにやったまでにござる」

草間と久米のあいだで醜い言い争いがつづき、根岸はついに堪忍袋の緒を切らした。

「ええい、黙れ。おぬしらは謹慎じゃ。駿河守さまから追って御沙汰があるゆえ、屋敷のなかに籠もっておるがよい」

久米はことばを失い、がっくり項垂れた。

一方、草間は錯乱したのか、白刃を抜いて根岸に斬りつける。

——きいん。

勘兵衛の十手が白刃を阻んだ。

「往生際が悪いぞ。最期くらいは毅然としておれ」

草間が膝を折るや、どっと歓声が上がった。

土手を埋め尽くす黒鍬者たちが、日頃の鬱憤を晴らすかのように、あらんかぎりの声で叫ぶのだ。

「悪党奉行、石奉行、腹を切れ、わああ」

止んでいたはずの風が嵐のごとく吹きぬけ、大量の花弁を舞い散らす。

鳴りやまぬ歓声は墨堤を包みこみ、大川の流れさえも変えるほどの勢いで広がっていった。

十四

久米三太夫は材木石奉行の役目を解かれ、駿河台の屋敷内で切腹の沙汰が下されるのを待っている。一方、手代元締の草間伴四郎は、沙汰が下されるまえに命を絶ってしまった。

新たに抜擢された材木石奉行は黒鍬者たちを上手に束ね、昼夜を分かたず川普請をおこなっていくという。葉月に多い水の被害に備えるためには、待ったなしの策を講じねばならない。普請に勤しむ人足の数は大幅に増やされ、普請費用も倍増される見込みとなった。不正を許さぬ臨時廻りの執念がなければ、こうした変化は生まれなかったかもしれない。だが、世間への悪影響を考慮して材木石奉行の悪事は表沙汰にされず、勘兵衛の手柄はなかったことにされた。切腹をも厭わぬ強引なやり方がこののち、捕り方の範になっては困る。そうした根岸の考えも、ひょっとしたらはたらいたのかもしれない。

理由はどうあれ、鯉四郎は不満そうであったが、勘兵衛本人はまったく気にしておらず、手柄などほしいともおもわなかった。

手柄を立てたことで世間の目が変われば、窮屈なおもいを抱くことになろう。気楽に市中を歩くことができず、隠居を余儀なくされるかもしれない。縛られるのが嫌な性分なので、大袈裟なはなしにはしてほしくなかった。

根岸さまもそのあたりをお考えくださったのだろうと、あいかわらず能天気に考えている。

数日前までは竹屋ノ渡しから小舟に乗り、墨堤に花弁が雪と散る風景を楽しんでいた。だが、今は桜もすっかり散り、三囲稲荷の境内などは黄金色の山吹に彩られている。

垣根の満天星《どうだん》も白い花を咲かせ、わざわざ遠方から愛でに来る者もあるほどだった。

十八日からは浅草三社祭、風雷神門の門前では蓑市《みのいち》なども催される。二十日を過ぎれば春もたけなわとなり、回向院《えこういん》では勧進相撲がはじまる。鉄炮洲や品川沖には太公望たちが繰りだし、鱚《きす》や鰈《かれい》の便りをもたらしてくれることだろう。

日暮れになっても、肌寒くはなくなった。夕餉のおかずもないし、何を食べようか迷っていると、表口に訪ねてくる者の気配がある。

何の気なしに出てみると、旅装のおれんと娘が立っていた。

「うぽっぽの旦那、ご挨拶にまいりました」

おれんは娘にもお辞儀をさせ、眸子を潤ませる。

「すっかりお世話になったのに、ご挨拶が遅れちまって」

「気にするな。それより、江戸を離れるのか」

「とりあえずは、馴染みのある上方にでも行ってみようかと」

住んでいた家は、立退きを喰らったらしい。

三味線指南の看板も捨てたと聞き、勘兵衛は淋しくなった。

「なあに、これがあれば生きていけます」

おれんはにっこり笑い、手にした三味線をぽんと叩く。

かたわらの娘も、小さな指で弦を弾いてみせた。

どうやら、門付けで食べていくつもりらしい。

根無し草の旅暮らしになれば、苦労するのが目にみえている。

「まあ、はいれ」

「そうもしていられません」

「いいから、はいれ」

勘兵衛はなかば強引に袖を引き、母と娘を奥の部屋に導いた。そして、何をおもったか、下駄をつっかけ、仁徳の住む部屋の表から『看立所』と書かれた板看板を引っぺがしてくる。

「何をする。気でも触れたか」

仁徳はぷんぷんになり、あとから従いてきた。

勘兵衛は部屋に看板を持ちこみ、太い筆と墨を用意する。

そして、おれんが戸惑うのもかまわず、板をひっくり返した。

襷掛けをして筆を手に取るや、一気呵成《かせい》に躍るような字を書きつける。

――三味線指南。

娘のおさとは目を輝かせ、手を叩いて喜んでくれた。

仁徳は何となく事情を察したのか、看板のひとつくらいはくれてやるとうそぶく。

勘兵衛はおれんに向きなおり、厳しい口調で言いはなった。

「この看板を掲げる家を借りてやる。おれが請人《うけにん》になりゃ、貸さねえ大家はいねえ。おめえたちは江戸から一歩も出さねえぜ」

おれんは呆気に取られ、勘兵衛をじっとみつめた。

「旦那っておひとは……強引なんですね」

涙ぐみながら漏らし、可笑しそうに笑いだす。

「それこそ、善意の安売りですよ」

「まあな」

耳を澄ませば、微かに風鈴の音が聞こえてきた。

「もしや、蕎麦屋台か」

仁徳も気づいたようだが、親爺の素姓まではわかるまい。

「八丁堀を流すとは、物好きな蕎麦屋もあるもんだな」

「ふふ、以心伝心というやつかもしれねえ」

勘兵衛は嬉しそうに言い、ひょいと尻を持ちあげる。

「腹が減っては戦はできぬ。おれんよ、おめえたちに蕎麦を奢《おご》ってやろう」

「えっ」

「門出の蕎麦だ。月見にするぜ」

「うぽっぽ、わしにも奢れ」

仁徳の横槍が、今宵だけはありがたい。

その気になったおれんと娘を連れて、勘兵衛は嬉々として家から飛びだした。

「何も、焦ることはねえんだ」

遠回りしてこその人生なんだぜと、誰にともなくつぶやけば、ちりんちりんと風鈴がこたえてくれる。

「権蔵、ありがとうよ」

白い湯気を纏った蕎麦屋の屋台が、辻のほうからのんびりと近づいてきた。

埋み火

一

立夏《りっか》。

節分に挿した柊《ひいらぎ》と鰯《いわし》の頭は片付けられ、家々の門口には卯《う》の花が挿されている。

更衣《ころもがえ》で綿を抜いた黒羽織を纏《まと》い、勘兵衛はいそいそと朝風呂に出掛けた。帰路は火照《ほて》ったからだを冷ますべく少しだけ遠廻りをし、芳町《よしちょう》の露地裏から堀川に面した貝杓子店《かいじゃくしだな》へ向かうと、思案橋の橋詰めのほうから法螺貝《ほらがい》の音が聞こえてくる。

「外題《げだい》はご存じ勧進帳《かんじんちょう》、源《みなもとの》九郎判官義経《くろうほうがんよしつね》は山伏装束に身を窶《やつ》し、安宅《あたか》の関を越えねばならぬ。でろれん、でろれん、でろれん……」

でろれん左衛門とも呼ばれる祭文《さいもん》語りが、法螺貝《ほらがい》を吹いたり錫杖《しゃくじょう》で拍子を取ったりしながら濁声《だみごえ》で語り芸をおこなっていた。

「……金剛杖で主君を打つは関守騙《だま》す芝居なり。ついに泣かぬ弁慶も一期の涙ぞ殊勝なる、判官御手を取り給《たま》い。でろれん、でろれん……」

おもしろいので立ち止まり、うっかり聞き入ってしまった。

ふと、思案橋を見上げれば、白髪頭の老い侍が欄干にもたれ、同じように耳をかたむけている。

「あっ、木元《きもと》ではないか」

相手も気づいたようで、勘兵衛が小走りで近づくと、親しげに声を掛けてきた。

「よう、長尾、朝風呂か」

元臨時廻りの木元源之進《げんのしん》である。

半年前に隠居し、長年連れ添った妻女ともども良い老入れをしたらしいとの噂は聞いていた。

木元は片方の足を引きずり、こちらへ歩いてくる。

「その足、どうしたのだ」

「玄関で躓《つまず》いて三和土《たたき》にひっくり返ったのさ。息が止まって死ぬかとおもうたが、ようやく動けるようになった」

ひっくり返ったのは、五日前のはなしらしい。

「それは災難だったな」

「鳴かぬ鳥といっしょで、歩かぬ臨時廻りは使いものにならぬわい。たった半年でからだは錆びつき、家の連中からは見放される」

「おいおい、楽隠居したのではないのか」

「川柳にもあろう。楽隠居、楽に苦しむ老入れなり」

なるほど、言い得て妙かもしれぬ。

感心する勘兵衛の顔を、木元は下から覗きこむ。

「おぬしはたしか、ひとり暮らしであったな」

「ああ、つれあいには先立たれ、一人娘は定廻りにくれてやった。遊びに来る孫が愛らしゆうてな、それだけが楽しみのようなものさ」

「羨《うらや》ましいな」

「おぬしにも年頃の娘がおったであろう」

「いまだ片付かずさ」

「縁談はないのか」

「なくもない。されど、乗り気にならぬ」

　相手は南町奉行所の例繰方《れいくりがた》同心だという。

「なるほど、類例調べの若手か」

「青っちょろい、うらなり野郎さ」

「直に会ったのか」

「いいや」

「隠居のくせに贅沢を申すな。会ってみねば、人となりはわかるまい。娘が気に入るかもしれぬではないか」

「わしが気に入らねば、はなしにならぬ」

「意固地なやつだな」

「意固地ゆえに、家の連中から煙たがられているのかもしれぬ。わしは入り婿ゆえ、八十五になった義母も同居しておってな。義母と妻と娘、女三人に囲まれて、肩身の狭い毎日なのさ」

「それでも、何やかやと楽しみはあろう」

「鉢植えもやったし、蕎麦打ちもやった。町内の世話役なんぞも買ってでたが、どれも長つづきはせぬ。気づいてみれば、やることもなく、日がな一日ぼんやり過ごしておるのさ。何やら、惨めな気分になる。このまま灰になっちまいそうでな」

木元は欄干に戻り、じっと川面をみつめる。

横顔があまりに淋しそうで、掛けることばを失った。

「長尾よ、おぬしはいつまでつづけるのだ」

「さあな。ま、歩けるだけ歩いて、歩けぬようになったら、野垂れ死ねばよいとおもうておる」

「そうか、野垂れ死ぬのか」

「木元、おぬし、十手に未練があるのか」

「いいや、未練などないさ」

強く否定しつつも、本心は戻りたいのだろうと、勘兵衛は察した。

「愚痴なら聞いてやってもよいぞ」

「されば、吟味方の蛙《かわず》与力はどうしておる」

「松井田《まついだ》監物《けんもつ》さまか」

「そうだ。あいかわらず、上の顔色ばかり窺っておるのか」

「よう知らんが、隠居だけはしておらぬようだ」

「ふん、強面だけが取り柄の、言ってみれば、張り子の虎のような与力であったわ」

「おぬしは松井田さまに梯子を外された。今も恨んでおるのか」

「十年経っても、恨みは消えぬ。あの日の出来事だけは、昨日のことのようにおぼえておるわ」

「大蛇《おろち》の段五郎《だんごろう》か」

関八州を股にかけた兇賊の頭目である。襲ったさきの商家では家人や奉公人をみなごろしにすることで知られていた。

「おぬしは手懐けた小悪党から、苦労して一味の隠れ家を聞きだした。松井田さまに上申し、出役《でやく》の手配りをお願いしたのだったな」

「そうだ。蛙与力はわかったとうなずいた。にもかかわらず、約束の刻限に捕り方はひとりもあらわれなかった。やって来たのは、事前に打ちあけてあったおぬしだけ」

木元が調べたとおり、亀戸の外れにあった隠れ家には段五郎と十人余りの手下どもが屯《たむろ》していた。だが、大蛇一味はちょうど隠れ家を引き払おうとしており、助太刀を頼みにその場を離れることもできない。段五郎を取り逃がす危うさはあったが、一か八か、ふたりで踏みこむ以外に方法はなかった。

木元は懐かしそうな顔をする。

「表口と裏口に分かれ、えいやで踏みこんだな」

「ふむ、よくもあれだけの無謀をやったものさ」

踏みこむやいなや、組んず解《ほぐ》れつの乱戦となった。

「さしもの長尾も、刀を抜くしかなかったな」

「ああ、しかも、峰打ちにはかぎりがあった」

捕縛する余裕はなく、途中からは火盗改《かとうあらため》のごとく切捨御免にするしかなかった。多くの手下を成敗し、木元は段五郎とも対峙して眉間にひと太刀浴びせたものの、逃してしまったのである。

「町奉行所に戻ったら、内与力の門倉さまから大目玉を喰らったな」

どうして身勝手に動いたのかと、勘兵衛もこっぴどく叱られた。

「そのとき、蛙与力があらわれた。開口一番吐いた台詞を、長尾よ、おぬしはおぼえておるか」

「ああ、おぼえておる」

出役の依頼はいっさい受けておらぬと、松井田は顔色も変えずにひらきなおった。

「長尾よ、あのとき、わしは抗う気力も失ってな」

「傍《はた》から眺めてもわかったさ」

それでも、木元はあきらめず、執念深く段五郎の足跡を追った。だが、大蛇一味が鳴りを潜めたこともあり、みつけることができなかった。頭目の段五郎が今も何処かでのうのうと生きているのかとおもえば、勘兵衛もやりきれない気持ちになる。

　おそらく、大蛇一味の一件が大きかったのだとおもう。覇気に溢《あふ》れていた木元は、いつのころからか、腑抜けも同然になってしまった。

「当たらず障らず関わらず、三途の川を渡るまで役立たずの腑抜けでいようと、ひねくれ者のわしは胸に誓ったのさ」

「されど、おぬしは陰で貧乏人どもを助けていた。周囲から小莫迦にされようとも、我が道を貫いておったではないか。そんなおぬしを、秘かに敬っておったのだぞ。おぬしがおらぬようになったあとも、わしはおぬしを範にしておる」

「嬉しいな。長尾勘兵衛がさようにおもっていてくれたとは」

「気恥ずかしゅうて、口にせなんだだけさ」

　勘兵衛が顔を赤らめると、木元は苦笑した。

「気色の悪いやつだな」

「誤解するな。衆道ではないぞ」

「わかっておるわ」

「どうだ。これからはたまに会って、一献かたむけようではないか」

「よかろう。おぬしと呑めば、少しは退屈が紛れるやもしれぬ」

「こやつめ、わしは退屈しのぎか」

ふたりは大きな口を開けて笑いあい、再会を約して別れた。

勘兵衛は橋詰めから日本橋川に沿って、鎧《よろい》の渡しまで歩いていく。

もうおらぬだろうとおもって振り向けば、木元は思案橋の欄干から首を差しだし、じっと川面をみつめていた。

二

不如帰《ほととぎす》の初音を聞いたような気がする。

――とっきょ、とっきょ、てっぺんかけたか。

不如帰は口のなかが赤く、川柳などでも「鳴いて血を吐く」と詠《うた》われてきた。初音は田植えの合図で、人々に夏の到来を想起させるものだが、古来より書物に「名告《なの》り」と記され、寝ているあいだに人の魂魄《こんぱく》を誘いだす不吉の兆しともされている。

翌朝、勘兵衛は蔵前の一角にある『鹿島屋《かしまや》』という札差《ふださし》に足を踏みいれた。

「うっ」

敷居をまたいだ途端、異臭に鼻を衝かれる。

帳場格子は倒れ、板の間や壁には血痕がこびりついていた。

廊下のさきは騒々しい。小者たちが戸板を持ちこみ、転がった屍骸《むくろ》を乗せて運びだそうとしている。

襖障子はずたずたに破れ、部屋のなかには目を開けたままの屍骸が転がっていた。

「うぬ」

おもわず、袂《たもと》で鼻と口を覆う。

年格好や召し物から推すと、鹿島屋の主人かもしれない。後ろ手に縛られ、首筋を裂かれている。目を剥いて口をへの字に結んだ顔は、修羅物のシテが付ける「癋見《べしみ》」という能面に似て、この世のものとはおもえなかった。

寝所らしき隣部屋には、十人近くの屍骸が折りかさなっている。

賊に集められた家人や奉公人たちであろうか。

いずれも猿轡《さるぐつわ》を嚙まされ、女たちに交じって幼子のすがたもある。

勘兵衛はことばを失った。

今まで目にしたなかで、もっとも凄惨な光景かもしれない。

鹿島屋は昨夜遅く、兇悪な盗人一味の押しこみに見舞われた。

家人と奉公人はみなごろしにされ、蔵から盗まれた金は少なく見積もっても三千両余りにおよぶという。

眼前には文字どおり、地獄絵がひろがっている。

いとけない幼子の屍骸をみつめ、勘兵衛は畳に両膝を折った。

俯いて手を合わせていると、後ろから誰かが踏みこんでくる。

「ふえっ、酷いありさまではないか。ほとけを片付けてから、わしを呼べ」

小者や同心を叱りつける男の正体は、振り向かずとも声だけでわかった。

「おぬしら、わしを誰と心得る。吟味方与力の松井田監物ぞ。わかっておるのか、かほどに血《ち》腥《なまぐさ》いところへ、わしを呼びつけるでない」

思案橋で木元源之進と再会し、話題にしたばかりの蛙与力だ。

まさか、こんなところで会おうとはな。

しかし、驚かされたのは、松井田の登場だけではなかった。

店に一歩踏みこんだときから、胸騒ぎを感じていたのだ。

何気なく床柱に目をやると、御札が逆さに貼ってある。

「げっ」

逆さ札には籠《かご》文字で「五大力《ごだいりき》菩薩《ぼさつ》」と記されていた。

灌仏会《かんぶつえ》の八日に簞笥《たんす》に入れる虫除けの御札だが、罫囲《けいがこ》みの子持ち枠が朱で塗りつぶされている。

盗人が貼っていったのだ。

「まさか……大蛇一味か」

つぶやいたのは、背後に立つ松井田である。

勘兵衛は中腰になり、すっと離れようとした。

「待て」

松井田に呼びとめられる。

「おぬし、長尾勘兵衛か」

仕方なく、向きなおってお辞儀をした。

「いかにも、長尾にございます」

「久しくみなんだが、あいかわらず廻り方をやっておるのか」

「はい、臨時廻りにございます」

「さようか。なれば、頭はまだ使えよう。この惨状をどうみる」

「ご推察のとおり、大蛇一味の手口かと」

「やはり、そうおもうか」

「虫除けの逆さ札が決め手となりましょう。あれは頭目の段五郎が間抜けな捕り方を嘲笑《あざわら》うべく、これみよがしに貼りつける御札にございます」

「そのとおりじゃ。わしも十年ぶりに目にしたわ」

虫除けの御札を貼ったところで、大蛇一味はけっして捕まえられぬ。逆さ札にはそうした皮肉が込められており、捕り方を小莫迦にする段五郎のふてぶてしさが嫌でも伝わってきた。

「かつては逆さ札を目にするたびに、地団駄を踏んで口惜しがったものじゃ」

松井田が首をかしげる。

「それにしても、十年ぶりに動きだすとはな。やはり、段五郎を逃したツケがまわってきたのであろう」

逃した大きな原因は、おぬしが木元の上申を信じず、捕り方の手配を怠ったからではないか。

喉まで出掛かったことばを、勘兵衛は呑みこんだ。

松井田は眸子《まなこ》を細める。

「ほれ、段五郎を追っていた同心がおったであろう」

「木元源之進なら、半年前に隠居いたしました」

「さようか、ならば尋ねても無駄であろうな」

「何をお尋ねになるおつもりですか」

刺のある口調で問うと、松井田は片頬に笑みを浮かべた。

「十年経った今でも、大蛇一味の悪行を知らぬ捕り方はおらぬ。頭目の段五郎を逃したのは痛恨の極みであったと、御奉行も事ある毎に仰せでな。極悪人の段五郎を捕まえたとなれば、幕閣のお歴々も目を瞠《みは》るほどの大手柄となるに相違ない」

あいかわらず、自分の手柄しか考えておらず、上の顔色ばかり窺う態度を隠そうともしない。

あまりの大人げなさに、勘兵衛はあきれかえるしかなかった。

「段五郎に繋がる端緒をみつけたら、まっさきにわしのもとへ参じよ」

松井田は偉そうに言い残し、そそくさと出ていってしまう。

もちろん、蛙与力に手柄をあげさせる気など毛頭ないが、大蛇の段五郎を野放しにしてよいはずはない。事によったら、これが凶事のはじまりかもしれず、惨劇を繰りかえさせぬためには、是が非でも段五郎を捕まえねばならなかった。

「因縁《いんねん》としかおもえぬな」

隠居した木元のためにも、気合いを入れて掛からねばならぬ。

勘兵衛は緊張の面持ちで、凄惨な店内を隈無く調べまわった。

されど、手掛かりになるようなものはみつけられず、溜息を吐いて敷居の外へ逃れると、知らぬ間に分厚い人垣が築かれている。

集まった野次馬たちは、険しい顔で何事かを囁《ささや》き合っていた。

どれだけの人が死に、どれだけの金が奪われたのか、賊の正体は判明しているのか、以前にも江戸を騒がせた賊なのかどうか。知りたいことは山ほどあろうし、瓦版に載せるネタを探している者もおろう。

そうした連中を束にまとめて追いはらってやりたくなったが、面倒臭いので止めておいた。

ふと、人垣の端に目をやれば、下女らしき娘がぽつんと立っている。

「ん」

齢は十八、九であろうか。目鼻立ちの整った娘だが、目を留めたのは異様に蒼白い顔色のせいだ。

近づこうとする勘兵衛を避けるように、娘は人垣の奥へ隠れてしまう。

「おい、待て」

慌てて叫んだが、意地の悪い野次馬どもに阻まれた。

娘は反対側へするりと抜け、独楽鼠《こまねずみ》のように駆けだすや、辻向こうへ消えていく。

「くそっ」

鹿島屋の奉公人で、唯一、下女がひとりだけ生き残ったと知らされたのは、しばらく経ってからのことだ。

「あの娘だな」

名は、おたねというらしい。

ひょっとすると、潮招きなどとも呼ばれる引きこみ役ではなかろうかと、勘兵衛は疑った。

三

八十八夜の別れ霜《しも》とはよく言ったもので、陽気は定まった感もある。

翌日、勘兵衛は両国橋を渡り、まずは本所の回向院を詣で、門前町から竪川に面した相生町の辺りまで足を延ばした。

「おたねという下女の行方を追っている」

自身番や辻番を訪ねては、聞き込みをおこなった。

回向院で何度か見掛けられていたというはなしを小耳に挟んだからだ。

鹿島屋には一年前から住みこみではたらいていたらしく、それ以前は何処《どこ》に住んでいたのかを知る者はいなかった。おたねの素姓を知る者たちはみな、殺《あや》められてしまったのだろう。

半日歩きまわっても、手掛かりは何ひとつ摑めなかった。覚悟はしていたので、がっかりすることもないし、あきらめるつもりもない。兇賊に繋がる細い糸口は、今のところ、すがたを消した下女だけなのだ。

蒲公英《たんぽぽ》の咲き乱れる土手道を歩いていると、番太郎が懸命に追いかけてきた。

「旦那、うぽっぽの旦那」

「おう、どうした」

四半刻ほどまえに訪ねたばかりの番太郎である。

吉田町の番屋から急ぎの連絡がはいったという。

何やら、殺しの疑いで捕まった男が勘兵衛の名を口にしているらしかった。

とりあえず、さほど離れてもいない吉田町のほうへ出向いてみる。

番屋は横川に架かる法恩寺《ほうおんじ》橋のそばにあり、通常より大きめなのは吉田町が夜鷹《よたか》の巣窟でもあるからだ。

夜鷹と酔客の揉め事が多いため、番屋のなかには仮牢までつくられていた。

その仮牢に、勘兵衛の名を口にした男が繋がれているという。

敷居をまたぐと、肩を怒らせた同心が睨みつけてきた。

本所廻りの佐尻主水《さじりもんど》、黒く染めた髪を鬢付け油で固めているが、年は五十を越えている。

「うぽっぽめ、老《お》い耄《ぼ》れのくせに、ずいぶん早かったな」

「おいおい、それが年上にたいする物言いか」

「廻り方に年上も年下もねえ。言っとくが、本所はおれの縄張りだ。勝手なことはさせねえぜ」

「呼びだしたのは、そっちだろうが」

「まあな」

今朝早く、この界隈で金貸しを営んでいた青茶婆《あおちゃばばあ》が殺られた。悲鳴を聞いて駆けつけた隣の嬶《かか》ぁが、ほとけを抱いた血まみれの男をみつけた。

「血まみれの男ってのが厄介な野郎でな、おれも知らねえ相手じゃねえ」

「誰なんだ」

「聞いて驚くなよ。元廻り方の木元源之進さ」

「何だと」

勘兵衛は雪駄を脱ぎ、板の間にあがった。

奥の仮牢へ行きかけると、四十絡みの岡っ引きに阻まれる。

うつぼの与一《よいち》、佐尻の下で偉そうにしている男だ。

佐尻が後ろで声を荒らげた。

「あんたは木元と親しかった。だから、木元があんたを頼りたくなる気持ちはわからんでもねえ。でもな、こいつは殺しの疑いだ。老い耄れの一存じゃ、どうにもならねえんだぜ」

「そこを退け」

勘兵衛の迫力に気圧《けお》され、うつぼの与一は退いた。

板戸を開けた途端、血腥い臭気に鼻を衝かれる。

木元は手鎖をされたまま、部屋の隅に座っていた。

勘兵衛のすがたをみとめ、申し訳なさそうに頭を垂れる。

「来てくれたのか、すまぬな」

勘兵衛はうなずき、与一を呼びつけた。

「何をしておる。手鎖を外せ」

与一は動かない。佐尻の顔色を窺っているのだ。

「疑いが晴れるまでは外せねえ。そいつが定めだろうが」

佐尻のことばに、木元は苦笑した。

「長尾、よいのだ。手鎖を嵌められただけで、痛めつけられたわけではない。さっそくだが、経緯を聞いてくれぬか」

仮牢の外では、佐尻と与一も聞き耳を立てていた。相手は元同心だけに、見立てを誤ればば自分たちの首が危うくなる。顔には出さぬが、ふたりとも居心地の悪さを感じているのだろう。

勘兵衛は板の間に胡座《あぐら》を掻いた。

「よし、聞こう」

「ふむ。されど、どこからはなしてよいものやら。ともかく、今日は散々な日でな、町を散策しておったら、月代《さかやき》に鳩の糞が落ちてきた。焦って拭おうとしたら茄子《なす》の皮に滑って転び、転んだ拍子に浪人の鞘に触れて因縁をつけられた。平謝りに謝ってどうにか窮地を脱したものの、置屋《おきや》の女将に打ち水を引っかけられ、驚いた拍子に板壁から突きでた釘に羽織の袂《たもと》を引っかけた。おかげで、このとおりさ」

穴の開いた袂をみせられても、勘兵衛は渋い顔をするしかない。

木元は立て板に水のごとく喋りつづけた。

「行く手の辻に目をやれば、年頃の娘が破落戸《ごろつき》風の優男に腕を取られている。嫌がっているので助けてやった。にもかかわらず、娘はわしを気味悪がり、礼も言わずに去っていきおった。溜息を吐いて振り向けば、すぐそばで野犬が唸っている。口から水泡を吹いてな、しばらく睨めっこを余儀なくされ、どうにか逃れはしたものの、突如、目の前の家から帛《きぬ》を裂いたような悲鳴が聞こえてきた。吃驚《びっくり》して踏みこんでみると、青茶婆が血達磨《ちだるま》で倒れておったというわけさ」

　要するに、数々の不運に見舞われたあげく、意図せずに青茶婆の死に目に立ちあってしまったという経緯だった。

　木元は肩を落とす。

「かようなはなし、本所廻りに説いても、どうせ信じてはもらえまい。それゆえ、おぬしを呼んだのさ」

　勘兵衛は溜息を吐いた。

「青茶婆とは面識がないと申すのだな」

「あるはずがなかろう。無論、金など借りておらぬゆえ、殺める理由はない。証文なり台帳なりを調べればわかることだ」

　勘兵衛は外に向かって声を張る。

「佐尻、聞いたか」

「ふん、莫迦らしい」

佐尻は与一ともども、部屋に踏みこんでくる。

木元が上目遣いに睨みつけた。

「佐尻よ、おぬしは危うい男だ。むかし、へっつい直しの小悪党に金貸し殺しの罪を着せようとしたことがあったろう。おぬしはそうやって、罪をいくつもでっちあげてきたのではないのか」

「戯《ざ》れ言を抜かすな」

激昂《げっこう》する佐尻を、勘兵衛が宥《なだ》めた。

木元はまったく動じない。

「わしの脇差を預かっておろう。ここに持ってこい」

「ちっ」

佐尻は舌打ちしつつも、与一に命じて脇差を持ってこさせる。

木元は冷静な口調でつづけた。

「青茶婆は喉笛をぱっくり裂かれておった。ところが、そばに得物らしきものは転がっておらなんだ。たぶん、殺ったやつが携えて逃げたのであろう。佐尻よ、わしの脇差を抜いてみよ」

佐尻が脇差を抜くと、木元は勝ち誇ったように言った。

「どうだ、血曇りはあるまい。長尾を呼んだのは、おぬしに下手な細工をさせぬためだ」

「くう」

佐尻は顔を真っ赤にし、与一を怒鳴りつけた。

「手鎖を外してやれ」

木元は縛めを解かれ、左右の手首をくるくるまわす。

「ふう、助かった。長尾、すまなんだな」

「お安いご用さ」

佐尻と与一は渋面をつくったが、黙って木元を解きはなつしかなかった。

「てめえら、殺しの調べに口を出すなよ」

佐尻の捨て台詞を受けながし、ふたりは番屋をあとにしたのである。

だが、勘兵衛は木元の嘘を見破っていた。

四

木元も嘘を見破られるとわかっており、きちんと事情を説くつもりであったという。

「そう言えば、おぬしは本所に引っ越したと申しておったな」

横川沿いに少し歩けば、大粒の蜆《しじみ》が採れる業平《なりひら》橋に行きあたる。

家作は古い百姓家で、業平橋に近い中ノ郷八軒町にあるらしい。

「楽隠居を目論《もくろ》んで借りたものの、便が悪くて女たちには不評でな。されど、時折、業平橋の橋詰めに天麩羅《てんぷら》の屋台がやってくる」

「ほう、天麩羅か」

「運が良ければ、銀宝《ぎんぽ》に御目見得できるぞ」

「銀宝か」

勘兵衛は口許をほころばせた。

見掛けは泥鰌《どじょう》の化け物、穴子より肉厚で味わいは淡泊だが、天麩羅にすると格別なものになり、番付表にも載るほどの逸品である。

「さらに運が良ければ、蕎麦の屋台が隣に並ぶ」

「なるほど、銀宝の天麩羅蕎麦か」

おもわず、涎《よだれ》を啜りあげた。

「されど、蕎麦屋がおるのは稀だ。天麩羅屋がおるともかぎらぬし、おっても銀宝が置いてあるかどうかは運次第でな」

祈るような気持ちで橋詰めへやってくると、天麩羅の屋台だけが出ている。出入りする客はちらほらおり、外には二人掛けの縁台まで出されていた。ちょうど、駕籠かきが天麩羅を食べ終えて外にあらわれ、暖簾《のれん》で脂ぎった指をごしごし拭いたところだ。

入れちがいに内を覗き、木元は尋ねた。

「親爺、銀宝はあるか」

「あと二人前なら」

「そいつをくれ」

「へい、まいどあり」

運が良かった。

木元はこちらに目配せし、外の縁台へ促す。

勘兵衛が座ったところへ、温燗《ぬるかん》の銚釐《ちろり》を提げてきた。

ぐい呑みをふたつ縁台に置き、さっそく注いで一献交わす。

「それにしても、とんだ目に遭ったな」

「ああ、まったくだ。おぬしの到着があと少し遅ければ、危うかったかもしれぬ」

「佐尻のでっちあげを知らぬ者はおらぬからな」

「でっちあげだけではないぞ。あやつは何か、大きな悪事に関わっておるような気がしてならぬ」

じゅっと、音がした。

親爺が銀宝の切り身を煮えたぎった油に入れたのだ。

ふたりで喋らずに待っていると、皿がふたつ運ばれてきた。

湯気をあげた銀宝の天麩羅が、香ばしい匂いを漂わせている。

木元のまねをして指で摘まんだ塩を塗《まぶ》し、長い楊枝で突いて拾いあげ、熱々のところを口に入れた。

「むふっ」

口をはふはふさせながら、熱いのを我慢して食べる。

「美味いな」

「そうであろう」

食べることに没頭し、仕舞いには指先の光った油まで嘗めた。

そして、温燗をぐい呑みに注ぎ、あらためて一献かたむける。

「それで、どこまで喋ったかな」

「佐尻のはなしはおいておこう。聞きたいのは、青茶婆のことだ」

「婆の名は、おきよだ」

「やはり、知っておったか」

「青茶婆を訪ねた件を除けば、ぜんぶ真実だ。鳩の糞を月代に落とされ、浪人者に因縁もつけられた。打ち水を引っかけられ、野犬と睨めっこもしたし、偶《たま》さか助けた娘には気味悪がられた」

「不運つづきの仕上げが、血達磨の青茶婆だったというわけか」

「そのとおり。わしにとって最大の不運は、大蛇の段五郎と繋がる唯一の手掛かりを失ったことだ」

「まさか、青茶婆が手掛かりであったと」

「わしはそう睨んでおる」

はなしは十年前に遡《さかのぼ》る。木元は段五郎を取り逃がしたが、額に一太刀浴びせていた。段五郎が早急に傷の手当てをせねばならぬと察し、木元はその晩から半月余りものあいだ、足を棒にして江戸じゅうの町医者を訪ねてまわった。そして、眉間に刀傷を負った男が本所吉田町の夜鷹会所へ担ぎこまれたはなしを掴んだのである。

「男の額を縫ったのは、順庵《じゅんあん》という呑んだくれの中条《ちゅうじょう》だった」

順庵は堕胎の施術をもっぱらとする中条医で、常は夜鷹たちを主に診ていたという。

「藪《やぶ》医者め、何を聞いても知らぬ存ぜぬで通された」

にもかかわらず、木元は九年の長きにわたって、順庵をそれとなく見張っていたのだという。

「段五郎を逃した九年後、すなわち今から半年前になるが、順庵は辻斬りに斬られて死んだ」

木元が隠居する直前のことであったという。詳しく調べてみると、順庵は吉田町の金貸しから二十両の借金をしていた。

「金を貸していたのが、青茶婆のおきよだったのさ」

木元はさっそく、おきよを訪ねた。すると、箪笥の内にしか置かぬ虫除けの逆さ札が床柱に貼ってあった。

「ぴんときた。子持ち枠は朱で塗られておらなんだがな。よくよく眺めてみれば、婆は見掛けよりも若い。四十そこそこだったかもしれぬ。十年前ならば、大蛇一味の潮招きも充分につとまったはずだ」

十年前の最後となった押込みでも、唯一、生き残った下女がひとりだけあった。

「その下女が、おきよかもしれぬと、わしはおもった」

繋がりがわかってくると、順庵の死についても疑いを抱かざるを得なくなった。ただの辻斬りではなく、何らかの理由で口を封じられたのかもしれぬと邪推したが、医者殺しについては調べようがなかった。

木元は吉田町へ通い、おきよをそれとなく見張った。隠居したあとに業平橋へ引っ越したのも、どうやら、それが理由だったらしい。

「金貸しだけに、出入りする者は多かった」

すべての者を調べるのは困難であったが、できるかぎり調べをつづけ、怪しい者の出入りがないか、木元は注意を払いつづけた。だが、怪しい者は特定できなかった。

「おきよには娘がひとりおった。娘は一年前から下女奉公に通いはじめてな、それが蔵前の札差だった」

「まさか、娘とはおたねか」

「そうだ。わしは札差の鹿島屋が押込みに遭ったと知り、急いで青茶婆のおきよを訪ねたのだ。ところが、ひとあし違いで、おきよはほとけになっていた。殺られた理由はわからぬ。ただ、殺ったのは段五郎か、段五郎の息が掛かった者であろうとおもった。おたねは逃げたにちがいない。みつかれば、おきよと同じ運命をたどるはずだ」

「ふうむ」

勘兵衛は唸るしかない。木元は隠居したにもかかわらず、地道な調べをつづけ、段五郎に繋がる端緒を握っていたのだ。

「じつは、おきよが今際《いまわ》につぶやいた」

「まことか」

「やまたの……とつぶやき、ことばが途切れてな」

「やまたの」

「大蛇に繋がるゆえ、八岐とつぶやいたのかとおもうた。されど、耳を近づけたら、きれぎれに別のことばが聞こえてきた」

「何と聞こえたのだ」

「やたし。やまたのやたし……意味がわからぬ」

「聞き違いではないのか」

「そうかもしれぬ。いずれにしろ、青茶婆のおきよが死んで、ほそい糸は切れた。無念だ」

「あきらめるのか」

「いつも心ここにあらずで、家の連中に迷惑を掛けてきた。このあたりが潮時かもしれぬ」

勘兵衛は黙るしかなかった。ここで引きさがるのは、木元らしくない。木元の執念には頭のさがるおもいだが、隠居した元同心にできることにはおのずと限界がある。力を合わせて調べをつづけたい気持ちは山々だが、どっちにしろ、勘兵衛が強要できることではなかろう。

　こちらの気持ちを察したかのように、木元が残念そうにこぼす。

「もっと早く、おぬしに相談しておればよかった。そうすれば、札差への押込みを阻めたかもしれぬ」

　それはどうであろうか。十年も息を潜めていた兇賊が、突如として動いたのだ。兆候を察知できなかったとしても致し方あるまい。

「勘が鈍ったということさ」

　木元は淋しげに漏らし、苦行を終えた修行僧のように、ほっと安堵の溜息を吐いた。

「ところで長尾、おぬしにひとつ頼みたいことがある」

「ん、何だ」

「じつは、娘のことでな」

「察しがついたぞ」

　縁談相手の人品骨柄《じんぴんこつがら》を見定めてほしいのだろう。

「ようわかったな。母方の親戚が薦めた相手ゆえ、無下にもできぬ。さりとて、箸にも棒にもかからぬ男なら、父親として認めるわけにはいかぬ」

「任せておけ。しっかり見定めてきてやる」

「頼む。とどのつまり、わしには娘の千奈津《ちなつ》しかおらぬ。千奈津さえ幸せになってくれたら、ほかに望みはない」

段五郎の呪縛が解けたせいで、娘をおもう余裕が生まれたのかもしれない。

勘兵衛も一人娘を持つ身として、木元の気持ちがわからぬはずはなかった。

五

翌朝、勘兵衛はさっそく、数寄屋橋《すきやばし》の南町奉行所へ向かった。

黒い渋塗りに白漆喰の海鼠《なまこ》塀、威厳のある長屋門を見上げると、罪人でもないのに身が竦んでしまう。

門から内にはいれば、遥かさきにみえる玄関の甍《いらか》は朝陽に煌《きら》めいていた。

玄関の式台までは幅六尺の青い敷石がつづいており、左右一面には那智黒の砂利石が敷きつめられている。左手の高い塀際には天水桶が山形に積まれているのだが、塀の向こうは根岸肥前守が罪人に沙汰を言いわたす御白洲であった。

同心の詰め所は長屋門の両脇なので、内勤の書役《かきやく》以外は青い敷石を踏む機会は滅多にない。それゆえか、勘兵衛は自分でもおかしいほどに緊張しながら歩を進め、どんつきの式台につづく階段を三段あがってから、総檜造りの玄関に足を踏みいれた。

右手から若手の当番与力が顔を出したが、目下の同心には会釈もしてくれない。

かれこれ四十年近くも廻り方をつとめてきたが、勘兵衛にとって町奉行所への出仕は責め苦にも近かった。

木元の娘にどうかと打診のあった縁談相手は、名を平《ひら》賀《が》又《また》右《え》衛門《もん》という。

齢は二十五、例繰方に八人いる下役同心のひとりで、役料は勘兵衛と同じ三十俵二人扶持、主な役目は御仕置裁許帳などから来し方の類例を調べ、罪人の口書に添える書面を作成することである。花形の吟味方などからみれば地味な役まわりだが、なくてはならない縁の下の力持ちにほかならなかった。

例繰方の御用部屋は、玄関からはいってすぐ左手にある。

勘兵衛は平賀を訪ねるにあたって、あれこれ理由を考えたものの、良い思案が浮かばなかった。とどのつまり、大蛇一味について記載された押込みについて詳細が知りたいという、至極まっとうな理由を告げるしかなさそうだった。

覚悟を決めて部屋を訪ねると、平賀はいなかった。好都合にも、調べ物で書庫に籠もっていると聞いたので、勘兵衛はいったん外に出て、少し離れた北側に建つ書庫へ向かった。書庫には何度も訪れており、勝手はよくわかっている。整理棚に並ぶ帳面の配置なども頭に入れてあるため、例繰方がどの辺りで調べ物をするのかも見当はついた。迷わずに奥まった書棚の隅へ足を運ぶと、それらしき若手が床几に座り、かたわらに積んだ冊子を手に取っては丹念に調べている。

ほうと、小さく感嘆した。

調べに挑む真剣な顔つきだけでも好感が持てる。

声を掛けそびれ、しばらくは物陰から様子を窺った。

平賀がひと息入れたところで、勘兵衛は足を忍ばせる。

「御無礼いたす」

威厳をもって囁くと、平賀はぺこりと頭をさげた。

すかさず、勘兵衛は名乗る。

「御精が出ますな。拙者、臨時廻りの長尾勘兵衛と申す」

「平賀又右衛門にございます。例繰方の若輩者ゆえ、何卒ご指導のほど、よしなにお願いいたします」

「これはご丁寧な。御役目はいかがでござろうか」

「御定書百箇条をようやくおぼえたところにございます。幕初からの類例は少なく見積もっても七千余り、それらにひととおり目を通さねばなりませぬゆえ、時が惜しゅうござります」

生真面目で溌剌《はつらつ》としており、役目への熱心さも窺える。だが、ひと皮剝けば融通の利かない唐変木《とうへんぼく》かもしれぬので、勘兵衛は慎重に探りを入れた。

「じつは、札差を襲った大蛇一味のことを調べておりましてな」

「まことですか。それがしも、十年前の押込みを調べなおせと、上から命じられております」

「奇遇にござるな。それで、十年前の裁許帳はお調べになったのか」

「調べました」

「何か引っかかることでも」

「不思議に感じたことがございます」

「ほう、それは」

勘兵衛から巧みに誘導され、平賀は疑念も抱かずに応じた。

「大蛇一味の暗躍は、江戸府内にかぎってみれば十年前の享和《きょうわ》二年に集中しております。季節に関わりなく、三月《みつき》に一度の間隔で四つの商家が襲われました。襲われたさきは、京橋、芝、浅草、日本橋の順で、いずれも出役があったにもかかわらず、捕り方は裏を掻かれております」

十年前の出来事が鮮烈に甦《よみがえ》ってくる。勘兵衛も鎖鉢巻きを締め、四度の出役に帯同したのだ。ただし、いずれも空振りに終わった。たとえば、四度目は日本橋の呉服屋が襲われたのだが、捕り方が導かれたさきは高輪だった。

木元が一味の塒《ねぐら》を嗅ぎつけてきたのは、四度目の押込みがあった翌日のことである。手懐けた小悪党からの知らせであったが、空振りに終わった翌日ということも手伝ってか、吟味方の松井田は出役の約束を守らなかった。それによって、頭目の段五郎を逃してしまったと言っても過言ではない。

平賀が注目したのは、商家が襲われた四度とも同じ日に出役がなされていた点であった。

勘兵衛は首をかしげる。

「それのどこが不思議なのであろう」

「もちろん、出役は別の日にもござりました。されど、享和二年にあった大蛇一味の押込みにかぎってみれば、出役は四度しかござりません。しかも、出役のあった日にはかならず、押込みがおこなわれております」

「なるほど」

指摘されてみれば、妙なはなしであった。江戸を騒がせた大蛇一味に関する訴えならば、当時は偽りのネタもふくめて毎日のようにもたらされていた。したがって、出役の機会が四度だけというのは少なすぎる。しかも、四度とも襲撃の日と重なっており、空手形を掴まされているのだ。

どうして気づかなかったのだろうと、勘兵衛はおもった。

混乱の渦中にある当事者には、気づく余裕がなかったのかもしれない。

「考えられることは、ふたつしかありません」

と、平賀はあくまでも冷静に述べる。

ひとつは奉行所内部の動きが筒抜けになっており、大蛇一味が裏を掻いていたという考え方だ。さらにもうひとつは、一味の動きを事前に知ったうえで、捕り方を別の場所へ誘導したという考え方である。

いずれも、奉行所内に間者がいなければ成立しない。

「いかがでしょうか。かような指摘をすれば、おそらく、出過ぎたまねをするなと叱られてしまいます」

勘兵衛は生唾を呑みこみ、平賀の顔をまじまじとみつめた。

もはや、人品骨柄を見定めるどころではない。本来の目的をすっかり忘れ、大蛇一味に関する考察にのめり込んでいる。

　もちろん、そうさせたのは、鋭い指摘を口にした平賀又右衛門であった。

「四度目の押込みがあった翌晩、偶さか大蛇一味の塒をみつけた廻り方が一味の何人かを成敗したとの記述もございました。されど、残念ながら頭目の段五郎は逃してしまった。よくよく考えてみれば、この記述も妙ではありませんか。偶さか塒をみつけることなど、できるのでしょうか。従前から塒を察知していたのだとすれば、こちらにこそ多くの捕り方を割くべきではなかったのかとおもうのですが」

　何故、捕り方を振り向けなかったのか。

「上の怠慢か、そうでなければ、一味と通じている者があったとしかおもわれませぬ。長尾さまは、どのようにお考えですか」

「いや、感服した。おぬしの指摘したとおりだ。されど、証し立ては難しい。なにしろ、十年もまえの出来事ゆえな」

　勘兵衛が溜息を吐くと、平賀は不敵な笑みを浮かべた。

「もうひとつよろしいですか」

「ふむ、どうした」

「記述によれば、四度目に押込みのあったさきで家人と奉公人が悲惨な末路をたどるなか、唯一、下女がひとりだけ無傷で助かっております。何でも、茶箱のなかに隠れていたとかで。下女は引きこみ役として疑うべきかと存じますが、下女に関する吟味書が添付されておりません」

「吟味しておらぬと申すのか」

「いいえ、吟味した形跡はございます。されど、詳細に記されるべき書面が作られておらぬのです」

勘兵衛が理由を探るよりも早く、平賀は淡々と説いてみせた。

「書面を作成せなんだ理由はひとつ、下女を解きはなちにするためにございましょう」

下女は厳しい吟味を受け、一味の仲間かもしれぬと疑われた。だが、捕まらずに解きはなちとなった。それは吟味方の落ち度ではなく、吟味方にそうせねばならぬ事情があったと考えるべきではないかと、平賀は筋道を立てて推察する。

「ここだけのはなしにございますが、吟味の書面を作らず、下女を解きはなちにできるとすれば、大蛇一味の件に関して陣頭指揮を執っておられた吟味方与力以外には考えられませぬ」

新米の例繰方から、考えも及ばなかった筋立てを聞かされている。

勘兵衛は興奮を抑えきれず、わずかに声を震わせた。

「……そ、それが誰か、おぬしにはわかっておるのか」

「じつは、一連の書面から浮かびあがったお方がおひとり」

「まさか、松井田監物さまではあるまいな」

「いかにも、そのとおりにございます」

無邪気に驚く平賀に近づき、勘兵衛は声を一段とひそめる。

「このはなし、誰かにしたか」

「いいえ、それがしの邪推にすぎませぬゆえ」

「よくぞ、初対面のわしにはなしてくれたな」

「どなたかに聞いていただきたかったのです。それに」

「何だ」

「御無礼ながら、お顔を拝見しただけでほっとし、常から胸底に渦巻いておった存念を吐きだしたくなりました。今さら何ですが、どうか、すべてお忘れください」

「そうはいかぬ。されど、身内を裁くことになるやもしれぬはなしゆえ、下手に動けばそなたの身が危うい。当面は口外無用にせねばならぬ」

「当面にございますか」

「さよう。確たる証しを摑む猶予がほしい。目途がつくまでは、貝のように口を閉じておかねばならぬ。そのときがきたら、わしのほうから連絡をつけるゆえ、それまで待っていてもらいたい」

勘兵衛は厳しく言い置き、興奮の醒めやらぬ面持ちで書庫をあとにした。

木元に頼まれていたことなど、すっかり忘れてしまったのである。

六

十年前に捕まって吟味を受けたにもかかわらず、解きはなちになった下女がいた。それが斬殺された青茶婆のおきよであったかどうかは、今となってみれば確かめようがない。ただし、吟味をおこなったはずの松井田監物に聞けば、下女を解きはなった理由がわかるかもしれなかった。

頭目の段五郎を逃したのは、松井田が出役の要請に応じなかったからだと、勘兵衛は今でも恨みにおもっている。

そもそも、松井田は何故、捕り方を出さなかったのか。

当時も頭に浮かんだ疑念は、ずっと胸にわだかまっていた。

段五郎と裏で通じていたと考えれば、いくつかの謎は氷解する。

あれだけの悪事を派手に繰りかえしながらも、極悪な盗人一味が捕まらなかった理由も、捕り方を嘲笑うように裏をかくことができた理由も説くことはできよう。

されどと、勘兵衛は頬を抓《つね》る。

南町奉行所の吟味方与力ともあろう者が、いくらなんでも段五郎のごとき悪党と通じているはずがない。裏で手を結ぶ理由がまったく浮かんでこないのだ。

それでも、平賀又右衛門の読み筋は捨てがたい。

新米の例繰方だからこそ、曇りのない頭で裁許帳の記述を考察し、うっかり見過ごしてしまいそうな疑いを抱くことができたのだろう。

勘兵衛の気持ちは、大きく揺りうごかされた。

鯉四郎と銀次にも事情をはなし、書庫から戻った日の晩から松井田の動向を見張ることにしたのである。

ただ、木元にだけは経緯を打ちあけなかった。

平賀自身のこともあるし、本来はまっさきに告げるべきかもしれない。

どうしてなのかと鯉四郎に問われ、松井田への恨みが深すぎるからだと、勘兵衛は応じた。

告げるのは疑念が確信に変わってからでも遅くはない。

松井田はたしかに鼻持ちならぬ上役だが、悪人であってほしくないという気持ちも半分はあった。

松井田が動いたのは、張りこみから三日目の夜だった。

八丁堀の与力屋敷へ宿駕籠を呼びつけ、供もつけずに鉄炮洲へ向かい、永代橋を渡ったのだ。

駕籠は富ヶ岡八幡宮の一の鳥居を潜り、永代寺門前の大路に並ぶ茶屋の入口で止まった。

「『浜長《はまちょう》』か」

と、銀次がつぶやく。

供される膳は豪勢だし、座敷に呼ばれる芸者衆も一流どころ、ともかく値の張ることで知られる茶屋だった。留守居役などの接待にも使われ、不浄役人風情がおいそれと出入りできる茶屋ではない。

勘兵衛は鯉四郎と銀次をともない、表口のみえる物陰に身を隠した。

小雨が満天星《どうだん》や躑躅《つつじ》の花弁を濡らし、海苔《のり》のような髷が月代にぺったり貼りついている。

くしゃみを堪え、頬に流れる雨粒を呑んだ。

知りたいのは、松井田を宴席に招いた者の素姓だ。

「にわかに信じがたいはなしですが、真実ならば許せませぬな」

鯉四郎は静かに怒りを吐露する。

「それにしても、吟味方与力と兇賊が直に通じておるものでしょうか」

「わしもそれを考えた。仲立ちになる者がいるのではないかとな。銀次、鯉四郎にあのはなしを」

「はい。じつは、青茶婆殺しでござりますが、裏長屋に住む雪駄直しの女房が怪しい者を見掛けておりました」

「まことか」

「ええ、見掛けたのは悲鳴を聞いた直後で、足早に抜け裏へ逃れていく男の横顔をちゃんとみたと証言してくれたんです」

「男の横顔」

「うつぼの与一にござんす」

「佐尻さま配下の岡っ引きではないか」

「与一が婆を殺った証しはござんせん。でも、木元さまに濡れ衣を着せようとしたのかも」

「与一には婆を殺める理由があるのか」

「叩けばいくらでも埃《ほこり》の出る野郎ですが、そこだけはわからねえ」

だが、与一ならば連絡役にうってつけかもしれぬと、勘兵衛はおもっていた。

十年前からずっと、佐尻主水と与一は本所を縄張りにしてきたのだ。兇悪な盗人と裏で通じ、吟味方与力の松井田に襲う商家や日時などの大事なネタを流していたのかもしれない。

物陰に潜んでから二刻ほど経ち、鬱陶《うっとう》しい雨も上がった。

表口が騒がしくなり、松井田が赭《あか》ら顔であらわれる。

見送りには女将《おかみ》だけでなく、商家の旦那然としたひょろ長い男もやってきた。

遠目ではあるが、見掛けは三十前後であろうか。

やや猫背で、身のこなしには隙がない。

「怪しいな」

と、鯉四郎が囁いた。

松井田を乗せた駕籠はゆっくり動きだし、一の鳥居のほうへ遠ざかっていく。

勘兵衛たちは追おうともしない。目当ては商人然とした男のほうだ。

「焦って気づかれたら元の木阿弥、ここは慎重にいかねばなるまい」

しばらく待っていると、別の宿駕籠が表口に滑りこんできた。

女将に送られて出てきたのは、さきほどのひょろ長い男だ。

駕籠は音もなく動きだし、勘兵衛と鯉四郎があとを尾ける。

茶屋の奉公人たちにあたらせるべく、銀次だけは残してきた。

漆黒の川面を見下ろしながら永代橋を戻り、日本橋川に沿った土手道を進む。箱崎橋《はこざきばし》を渡って行徳河岸にいたり、小網町《こあみちょう》、新材木町《しんざいもくまち》、堀留町《ほりどめちょう》とたどり、大伝馬町《おおでんまちょう》二丁目の大路を右に折れる。

たどりついたのは通旅籠町《とおりはたごちょう》の一角、うだつの高い店の屋根看板には朱文字で「異國新渡奇品珍物類　蝙蝠堂《こうもりどう》」とあった。

羅紗《らしゃ》や呉絽《ごろ》や玻璃《はり》などの渡来品を扱う唐物屋《からものや》にほかならない。

駕籠を降りた男は、脇道から店の勝手口に吸いこまれていった。

「あやつ、怪しいですな」

鯉四郎が、さきほどと同じ台詞を吐いた。

まちがいなく怪しいが、段五郎にしては若すぎる。

「生きておれば、五十は越えておろうからな」

鯉四郎は唇を噛んだ。

「がっかりすることはあるまい。段五郎に通じる端緒を摑んだかもしれぬではないか」

唐物屋の素姓を調べ、松井田との関わりを探れば、何かわかるかもしれない。

「さっそく、今宵から張りこむとするか」

「はい」

勘兵衛が冗談まじりに言っても、鯉四郎は嫌な顔ひとつみせず、当然のような顔で返事をした。

七

卯月八日は灌仏会、寺の御堂は牡丹《ぼたん》や芍薬《しゃくやく》や杜若《かきつばた》といった季節の花々で豪華に飾られ、参詣客の目を大いに楽しませてくれる。

勘兵衛も八丁堀の岡崎町にある玉圓寺《ぎょくえんじ》へ詣で、嬉しそうな洟《はな》垂《た》れどもに交じって甘茶を貰った。灌仏会に配られる甘茶で墨を磨り、護符に「八大龍王茶《はちだいりゅうおうちゃ》」と記して鴨居や壁に貼れば雷除けになり、薄墨で「五大力菩薩」と書いて箪笥に仕舞えば虫除けの呪《まじな》いになる。

古来より灌仏会におこなわれる風習を、大蛇の段五郎はみずからの力を誇示するために使った。よほど心根のひねくれた悪党なのであろう。十年も野放しにしてきたことを恥じねばならぬと、勘兵衛はあらためておもった。

同心屋敷に戻ってくると、門前に木元源之進が佇んでいる。

「よう、長尾、朝から邪魔してすまぬな」

「ん、いや、ちょうどよかった。今日は非番でな」

昨日までの経緯を伝えておらず、勘兵衛の対応はどことなくぎこちない。

「少しよいか」

「無論だ」

勘兵衛はさきに立ち、満天星の垣根に囲まれた中庭へ導いていく。

木元を縁側に座らせ、簡素な酒肴の膳を用意した。

「かまわんでくれ」

「まあ、よいではないか。こうして朝酒を呑めるのも、楽隠居ならではの醍《だい》醐《ご》味《み》だ」

「おぬしはまだ、隠居しておらぬであろうが」

「ふん、半分は隠居したようなものさ」

ふたりは温燗の酒を猪口に注ぎあい、さも楽しげに一献交わす。

庭には紅白の躑躅が叢となり、鉢植えの牡丹も真紅の花を咲かせていた。

「手入れの行き届いた庭だな。まるで、花《はな》御《み》堂《どう》のようだ」

「草花の手入れをしておると、気が紛れるのさ」

本来なら、勘兵衛のほうから木元を訪ね、平賀又右衛門の人となりを告げねばならぬところだが、きっかけを摑みそこねていた。もっとも、木元がはなしたいのは平賀のことではなさそうだ。

「いっしょに行ってほしいところがある」

「えっ、今からか」

「さよう、行く先は駿河《するが》町の呉服屋だ。おとせという呉服屋の娘にはなしを聞きたい。おとせは札差に嫁いでおったが、半年ほど前、旦那に離縁状を書かせて出戻った」

札差に嫁いでいたというだけでも、金満家の娘であることはわかる。

「札差の屋号は鹿島屋だ」

と聞き、勘兵衛はことばを失った。

木元は静かな口調で説きはじめる。

「辻斬りに斬られて死んだ中条医がおったであろう」

「順庵か」

「そうだ。順庵をもう一度調べてみたら、鹿島屋と関わっていたことがわかった」

順庵をよく知る産婆によれば、順庵は鹿島屋の主人に頼まれ、孕《はら》ませた浮気相手の子を堕ろしたことがあったらしい。

「それが、およそ半年前の出来事だ。順庵は子を堕ろした数日後、辻斬りに遭った。それと相前後して、女房のおとせは旦那に離縁状を書かせた。おそらく、旦那の浮気を知ったのだろう」

それから、さらに約半年後、鹿島屋は惨劇の舞台となった。

「皮肉なはなしだが、おとせは旦那を見限ったおかげで命拾いしたのさ」

「なるほど」

十手持ちなら、詳しい事情を聞きたくなるにちがいない。

「只の隠居が訪ねても、怪訝《けげん》な顔をされるだけ。それゆえ、おぬしを誘ったのさ」

「承知した。善は急げだ」

「ふむ」

ふたりは酒膳もそのままに尻を持ちあげ、さっそく、日本橋の駿河町へ向かった。

大路を曲がった角地に、うだつの高い呉服屋は店を構えている。

敷居をまたいで訪ねると、帳場格子から白髪のめだつ番頭が中腰で近寄ってきた。

勘兵衛が用件を告げると番頭は奥に引っ込み、しばらくしてから暖簾の奥へ案内してくれた。八畳ほどの客間に通され、上座で待っていると、丁稚《でっち》をしたがえた恰幅のよい三十年増が顔をみせる。

丁稚は勘兵衛と木元の膝前に茶を置き、そそくさといなくなった。

おとせらしき年増は下座にかしこまり、丁寧に頭をさげる。

「臨時廻りの長尾さまであられましたね。わたくしに何か御用がおありとか」

「ふむ」

勘兵衛は仏のように微笑んだ。

最初に笑っておけば、どのような相手でも警戒が解けることを知っている。

「鹿島屋銀兵衛《ぎんべえ》のことで、ちと聞きたいことがあってな。不幸な出来事が起こったばかりゆえ、はなすのが嫌なら、遠慮なくそう申してくれ」

「かまいませんよ。何なりとどうぞ」

「よいのか」

「ええ、旦那は押込みのお調べをなさりたいのでしょう。亡くなった者たちの供養になるなら、何でもおはなし申しあげます」

「かたじけない」

勘兵衛は隣の木元とうなずきあい、さっそく問いを口にした。

「さればまず、銀兵衛に離縁状を書かせた経緯を教えてくれぬか」

いきなり核心をつかれても、おとせは動じない。肝の据わったおなごのようだ。

「鹿島屋に嫁いだとき、銀兵衛にひとつだけ約束をさせました。けっして、奉公人には手をつけぬと。嫁入り前に母親から厳しく言いつけられていたことです。外で浮気するぶんには許してもいい。商家のお内儀なら、寛容な心もときにはたいせつ。ただし、奉公人の下女に手をつけさせてはいけない。奉公人たちの気持ちが萎え、商売に差しつかえるからだと説かれ、納得もいたしました。母親のことばをそのまま伝えたら、銀兵衛もよいことを言ってくれたと喜び、固く約束してくれたのです」

　ところが、銀兵衛は下女に手をつけた。それゆえ、おとせは約束どおり、三行半《みくだりはん》を書かせたのだ。

「疑いを抱いたのは、半年ほど前のことです。ある晩、酒に酔った中条医が鹿島屋を訪れ、銀兵衛の面前でわけのわからぬことを喚《わめ》いたあげく、すぐにいなくなってしまいました。そのときの銀兵衛の慌てようといったらなく、わたくしはすぐに浮気を疑ったのです」

　しかも、浮気相手に子を孕ませたのではないかと疑い、おとせは浮気調べをもっぱらとする陰聞《かげきき》に依頼し、銀兵衛の身辺を調べてもらったらしかった。

「勘が当たってしまいました。相手は一年前から住みこみではたらいていた下女です。しっかりしたご身分のお方から是非にと紹介された娘で、これっぽっちも疑ってなどおりませんでした。ところが、銀兵衛はその娘に手をつけ、子どもまで孕ませていた。酔いに任せて店にやってきた医者は、順庵という中条医でした。銀兵衛に頼まれて下女の子を堕ろし、それをネタに強請を掛けようとしていたこともわかりました」

おとせは口惜しいというより、情けなくなったという。世間体もあることだし、葛藤はあったものの、平謝りに謝る銀兵衛を許さなかった。

ひととおりの経緯をはなし、おとせは袖で涙を拭った。

「あのひとが三行半を書いてくれなかったら、今頃は生きていなかった。幸運にも生きのびてしまったことが、はたしてよかったのかどうか。いまだに、気持ちの整理をつけられずにおります」

勘兵衛は肝心な問いを口にした。

「おとせどの、下女の名を教えてもらえぬか」

「おたねにございます」

勘兵衛は声をあげそうになり、ぐっと歯を食いしばる。

木元もかたわらで息を詰めていた。

万が一にもそれはなかろうとおもっていたが、銀兵衛が孕ませた下女がおたねであったとすれば、主人と下女の浮気というだけでは済まぬはなしになってくる。

おたねは最初から、主人を籠絡するように命じられていたにちがいない。そして、見事に役目を果たし、浮気がばれて内儀が出ていったあとも店に居座りつづけ、引きこみ役として兇賊を招きいれたのだ。おおかた、お宝の隠し場所を探ったり、蔵の合鍵を作ったりもしたのだろう。

「おとせどの、教えてくれ。そもそも、おたねを店に紹介したお方とは、どなたなのであろうか」

　木元が我慢できず、口を開いた。

「銀兵衛から口止めされておりました。何故、喋ってはならぬのか、今になってわかったような気もいたします。噂を耳にしたのです。奉公人のなかで、下女がひとりだけ助かったと。それが、おたねのような気がして。もし、そうなら、おたねを紹介したお方にも災難が降りかかるのではないかと、勝手ながら勘ぐっておりました」

　おとせは長々と喋ったが、肝心の名を口にしない。

　勘兵衛は膝を乗りだした。

「差し障りがあるようなら、ここだけのはなしにいたそう。おとせどのには、けっして迷惑を掛けぬ」

「お約束いただけますか」

「ああ、約束する」

「されば、申しあげます。南町奉行所の吟味方与力、松井田監物さまにございます」

期待どおりの名が出てきた。唇が乾いて仕方ない。

「松井田さまには、低い利息でかなりのお金を融通させていただきました。わたくしにしてみれば、おたねも押しつけられたようなものですが、銀兵衛にとってはどうであったのか。詰まるところ、おたねは疫病神以外の何者でもなかったということでしょう」

町奉行所の与力に疫病神を押しつけられ、天下の札差がひとつこの世から消えた。同時に借金も消えたとなれば、松井田には兇賊と裏で手を組んだ明確な理由があったということにならぬだろうか。

要は金だ。金は人を狂わせる。

ふと、かたわらをみると、茶碗を持つ木元の手が震えていた。

腹の底で沸々と滾《たぎ》る怒りの感情が、そうさせるのであろうか。

おとせは胸のつかえが取れたのか、すっきりした顔をしている。

勘兵衛と木元は深々と頭をさげ、呉服屋をあとにした。

八

木元の調べによれば、おたねは捨て子で、猿江村の古い寺の門前で住職に拾われたのだという。そののち、どういう経緯をたどったのかは判然とせぬが、青茶婆のおきよと血の繋がりはなく、養女として育てられたらしかった。

木元のほうにも、知り得たことのすべてを告げておかねばならない。

もちろん、わかってはいるのだが、勘兵衛は松井田監物への深まる疑念や松井田と関わりを持つ唐物屋のことを伝えられなかった。

埋《うず》み火のように燻りつづける男が爆《は》ぜるのを恐れたのだ。

おたねの行方は杳《よう》として知れず、悪事の核心に迫っているような気もするのだが、兇賊の正体を暴く術はない。翌日、蝙蝠堂なる唐物屋へひとりで足を向けたのは、多少の焦りがあったからかもしれなかった。

日本橋の通旅籠町に店を出して、まだ一年ほどしか経っておらず、惣五郎なる主人の素姓を知る者は近所にいない。屋根看板に「異國新渡奇品珍物類」とあるように、門前には煌びやかな渡来品が無造作に並べられている。

素見客がちらほら見受けられるなか、勘兵衛はふらりと敷居に近づいた。

これといって策があるわけでもない。良い思案が浮かばぬときは、身を晒して相手の出方を窺うしかなかろう。

いざ、敷居をまたごうとすると、門前の片隅から嗄《しゃが》れた声を掛けられた。

「旦那、何かご用で」

目を向ければ、竹箒を手にした老爺が佇《たたず》んでいる。

頭に汚れた手拭いを巻いており、乱杭歯を剝いて笑う。

背中の曲がり具合から推すと、七十に近い齢であろうか。

「ご主人さまなら、お留守ですよ」

「そうかい、親切にありがとうよ」

「どういたしまして」

老爺はぺこりと頭をさげ、こちらに背を向ける。

垢じみた着物には、継ぎ接ぎがほどこされていた。

勘兵衛は踵《きびす》を返しかけ、ふと、おもいなおして、老爺に近づく。

「すまぬが、主人は何処へ行ったのであろうか」

「さあ、そこまでは知りません」

振り向かずにこたえる老爺の背中を、勘兵衛はじっとみつめた。

「おまえさんは、雇われているのか」

「えっ、あっしですか」

老爺は首だけを捻り、不思議そうに首をかしげる。

「あっしのことなんぞ聞いても、一文の得にもなりませんぜ」

「よいではないか。教えてくれ」

「門前を掃いて、小銭を頂戴しているだけでさあ。ご主人の惣五郎《そうごろう》さまは、まだお若えのにできたお方で、あっしみてえな老い耄れの物乞いにも優しく接してくださる。感謝しかござんせん」

「なるほど。邪魔したな」

「あの、よろしかったら、お伝えしときやしょうか」

「ん、そうか」

おやとおもった。老爺がさりげなく名を聞きたがったからだ。

「臨時廻りの長尾勘兵衛だ。じつは、私用でまいった。贈答にする唐物を見繕ってもらいたくてな」

「上のお方へお贈りするお品で」

「ふむ。おぬしに言うても詮無いことだが、上役は松井田さまと仰る吟味方与力でな、唐物がたいそうお好きなのだ」

「ほう」

どうして、そこまで突っこんだ嘘を聞かせたのか、自分でもよくわからない。ただ、老爺に言っておけば、確実に惣五郎なる主人に伝わるだろうとおもった。それに、老爺の絡みつくような目つきも気になった。初めて会ったような気がしないのだ。

念のため、額の傷を確かめようとおもったが、手拭いで上手に隠されていた。もちろん、隠すつもりで巻いているのではなく、本人の言うとおり、老い耄れの物乞いにすぎぬのであろう。だが、勘兵衛は何故か、胸騒ぎを感じたのだ。

南茅場町の大番屋に戻ってみると、銀次が待ちかまえていた。

「耳寄りなおはなしが」

おとせが雇った陰聞のもとへ事情を聞きにいったところ、陰聞は中条医の順庵を十年以上前から知っていたようだった。

「金に汚い小悪党だったとか」

おたねの子を堕ろしたあと、鹿島屋に強請を掛けたのだと、陰聞は断言した。

「しかも、下女を孕ませて進退窮まった鹿島屋に順庵を紹介したのは、何と、うつぼの与一でした」

「まことか」

与一は鹿島屋へ出入りし、同心の佐尻主水ともども御用聞きをやっていた。ふたりを繋いだのは、松井田監物にほかならない。

「驚きやしたぜ」

「まったくだな」

吟味方与力と本所廻りの連中が一本の線で繋がったのだ。しかも、繋がった紐の端は大蛇の段五郎と結びついている公算が大きい。

「厄介ですね。下手に突っこめば、こっちの身が危ねえ」

銀次の言うとおりだ。確たる証しはなく、信頼できる証人もおらぬなか、吟味方与力に真正面からぶつかっても、勝てる見込みは薄いと言わざるを得ない。

「どうしやすか」

不安げに尋ねる銀次から、勘兵衛は顔を背けた。

相手がじっとしているかぎり、正直、こちらも動きようがない。

大蛇一味がつぎの獲物を狙うべく、何らかの動きをみせてくれればと、秘かに期待するしかなかった。

勘兵衛のもとへ朗報がもたらされたのは、辺りがとっぷり暮れた頃のことだ。

同心屋敷を訪ねてきたのは、意外にも平賀又右衛門であった。

「お休みのところ、申し訳ございませぬ」

「ん、どうした」

門の内へ招こうとすると、調べ物が残っているので立ち話でよいという。

とりあえず、表口まで差し招いて用件を尋ねると、平賀は紅潮した顔でこたえた。

「明晩、出役があるようです」

吟味方の同心たちがひそひそはなしているのを、廊下の片隅で立ち聞きしたらしい。

「刻限は子《ね》ノ刻《こく》、行き先は芝神明町の大和屋なる両替商だとか」

「指揮を執られるのは松井田さまか」

「はい。それゆえ、事前にお教えせねばと」

廻り方に出役の命が下されるのは、いつも直前になってからだ。松井田の動きを少しでも早く知ることができれば、打つ手もさまざまに考えられる。

「ありがたい。されど、何故、わしに教えてくれたのだ」

「それがしの読み筋を、長尾さまは真剣に聞いてくださいました。それゆえにでござります。さらにもうひとつ、十年前に段五郎を逃した同心がふたりおり、そのうちのおひとりだったと知ったもので」

「さようか」

「前後の繋がりから、段五郎を逃した原因は臆測できます。おそらく、吟味方が出役の要請に応じなかった。そのためであったと。ちがいますか」

「おぬしの読みどおりだ。出役を要請したのは、木元源之進という骨のある男でな、捕り方を送ると応じておきながら約束を破ったのは、松井田さまにほかならぬ」

「なるほど。やはり、のっぴきならぬ事情がおありだったのですね」

「与力と同心を天秤に掛ければ、おのずとどっちに味方するかは決まってこよう。よほどの臍《へそ》曲がりでなければ、吟味方与力を敵にはまわさぬ」

「どうやら、わたくしは臍曲がりのようです」

「心強いかぎりだ。おぬしのような若手がおれば、町奉行所の屋台骨も腐らずに済む。江戸の安寧も保たれよう」

「大袈裟なはなしですね」

「いいや、大袈裟なはなしではない。わしら捕り方は真実を見極め、正義に殉じねばならぬ。少なくとも、そうした気概を持たねばならぬと、常日頃からおもうておるのだ。されど、気恥ずかしゅうて口にはできぬし、口にすれば煙たがられる。町奉行所で年季を重ねれば、毒を喰《くら》う器量が必要なときもあろうしな。ともあれ、礼を言う。かたじけない」

勘兵衛が腰を折ると、平賀は慌てて手を取ろうとする。

「じつは、もうひとつおはなしが」

「おう、どうした」

「裁許帳を捲っておりましたら、かようなものをみつけました」

平賀にみせられたのは「五大力菩薩」と書かれた護符であった。

「まだ新しいな」

「おそらく、押込みのあった鹿島屋から持ちかえられたものかと」

「そうかもしれぬ」

床柱に貼ってあった逆さ札を、吟味方の同心が剝がしてきたのだろう。

「上手に剝がしてあるので、何かの証しに使えるとおもったのかもしれませぬ」

「使えそうにないな」

「ええ。されど、後ろに気になる文言が」

「後ろに」

ひっくり返してみると、確かに何か書かれている。

墨が消えかかっているものの、どうにか読みとることはできた。

「やましかのえまらく……何かの呪いであろうか」

「わかりませぬ。ただ、気になったもので、長尾さまならおわかりになるかもと」

「いいや、何も浮かばぬな」

「さようですか。ま、お預けしておきます」

「わかった」

護符を袖口に仕舞うと、平賀が真剣な顔を向けてくる。

「十年前に四度あった押込みの際は、かならず出役がございました。先日、鹿島屋が襲われた一件については、十年ぶりのことゆえ、出役の必要がなかったのでございましょう。されど、これだけ短いあいだに押込みをやるとなれば、十年前にばれなかった陽動の一手を使おうとするのは必定。われわれの読み筋が正しいとすれば、明日の出役はかならず、空振りに終わります」

「まちがいあるまい。同時刻に別の商家が襲われる公算は大きかろう」

「襲うさきさえわかれば、敵の鼻を明かすこともできようかと。明晩は大蛇の段五郎を捕らえる好機になるやもしれませぬ」

「おぬしの申すとおりだ」

「わたくしに何かできることは」

「松井田から目を離さぬように。怪しい動きがあれば報せてほしい。ただし、くれぐれも無理はするな。松井田に命じられれば、人斬りも厭わぬ配下がおるやもしれぬ」

「かしこまりました」

平賀は不敵な笑みを浮かべ、こちらに背を向ける。

冷静にならねばと、勘兵衛はおもった。

あまりにも多くのことが起こりすぎて、頭が混乱しかけている。

まっさきに探らねばならぬのは、段五郎がつぎに狙う獲物にほかならなかった。

九

翌日、いまだ明け初めぬ頃、八丁堀界隈ではみかけぬ空樽集めの小僧が訪ねてきた。

木元源之進からの言伝で、すぐさま、猿江村の雲照寺まで足労してほしいという。

どこかで聞いたおぼえのある寺名だが、寝ぼけた頭ではすぐにはおもいだせない。

ともあれ、緊迫した事態が予想されたので、勘兵衛は小僧に苦労賃を手渡し、外出の支度をととのえた。

そして、鎧の渡しで小舟に乗りこんだときに、おもいだしたのである。

雲照寺とは、乳飲み子のおたねが住職に拾われた寺にほかならなかった。

ひょっとしたら、木元はおたねをみつけようとしているのかもしれない。

だが、雲照寺はたしか、何年か前に廃寺になったとも聞いている。

川面には靄《もや》がかかっていた。

「三間さきがみえやせんぜ」

船頭は笑いながら棹《さお》を差す。

勘兵衛は溜息を吐くしかない。

「おたねか」

問いたいことが、つぎつぎに浮かんでくる。

段五郎とは、どのような男なのか。松井田監物や本所廻りとの繋がりを、どこまで知っているのか。鹿島屋に奉公させられた経緯とは。引きこみ役として、どこまで深く鹿島屋の主人と関わるように命じられたのか。

まことに、中条医の順庵を紹介したのは、うつぼの与一だったのか。順庵は誰に、どうして斬られたのか。青茶婆とは、どういう関わりなのか。青茶婆は誰に、どのような理由で殺められたのか。どうして、段五郎たちから逃げねばならなかったのか。

あらゆる方法で問いつめ、悪事のからくりを吐かせる自信はある。ただし、段五郎たちに先を越されていたら、おたねの命はなくなっているものとおもわねばならない。

小舟は凪《な》いだ川面を滑り、緩慢すぎるほどの速度で日本橋川を進んでいく。

行徳河岸のさきで左手の箱崎へ折れ、三又を突っ切って新大橋のたもとから大川へ躍りだした。

幅の広い大川を渡っていると、次第に靄が晴れてきた。

東の空には朝日が顔をみせつつある。

対岸をめざしながらも、勘兵衛は出役のことを考えていた。

平賀又右衛門のはなしを信じれば、今宵、大蛇一味を捕まえる好機が訪れる。

この機会を逃せば、段五郎を捕まえる機会は二度と訪れぬかもしれない。

しかし、肝心の押込みさきがわからず、策を講じることもできなかった。

「くそっ」

寝不足も手伝い、焦りだけが募る。

小舟は舳先を万年橋のそばに差しいれ、小名木川を東に進みだした。

靄はすっきり晴れ、曙光に煌めく空には一朶《いちだ》の雲もない。

あいかわらず、小舟の速度は鈍すぎる。

横川との交差地点に近い新高橋を越えたあたりで、ようやく向かうべきさきがみえてきた。

左手の土手に五本松を眺め、釜座のあるあたりで桟橋へ舳先を寄せる。

陸にあがり、田圃の畦道を急ぎ足でたどった。

放置されたままの雑木林が、廃寺の目印だ。

それらしき雑木林をみつけ、勘兵衛は駆けだした。

「おたね、生きておれ」

願いをことばに託し、雑木林に分け入った。

鳥の声を聞きながら、光の射さぬ道なき道を進む。

行く手には、神木とおぼしき大杉が聳えていた。

大杉の後ろに、朽ちかけた御堂がある。

「あそこか。木元、木元はおらぬか」

勘兵衛は大声で叫び、泥濘《ぬかるみ》に足を取られながらも近づいた。

朽ちかけた堂宇は、阿弥陀堂のようだ。

階《きざはし》を五段ほどあがると、観音扉が軋みながら開いた。

人の気配がする。

恐る恐る足を踏みいれた。

「あっ」

片隅に筵《むしろ》が敷かれ、誰かが蹲《うずくま》っている。

おなごだ。

ぶるぶる震えていた。

「おたねか」

呼びかけても、反応できない。

目線も定まらず、蒼白な顔で震えている。

おそらく、何日も物を食べていないのだ。

見上げれば、屋根が半分以上も失われていた。

雨風をしのぐこともままならなかったのだろう。

ざっ、ざっと、何者かの跫音《あしおと》が近づいてくる。

振りむくと、木元の声が聞こえてきた。

「長尾、来てくれたのか」

外へ出ると、木元が両手に薪を抱えている。

「火を焚《た》き、粥でも食べさせねばなるまい」

「わかった。わしは食べる物を取ってこよう」

「それにはおよばぬ。米と漬け物は携えてまいった。小鍋もあるし、匙《さじ》もある。おぬしは土間に薪を組み、火を熾《おこ》してくれぬか」

「よし」

土間の一角が石に囲まれており、火を熾した形跡があった。

おたねが何とか生きのびようとしてやったのだ。

さっそく火を熾し、薪を組んで燃やす。

組まれた薪の上に、米と水のはいった鍋を置いた。

勘兵衛が粥を作っているあいだも、木元はおたねの手足や背中を摩《さす》りつづける。

「わしらの娘より若い。二十歳に届いておらぬだろう。かような酷い仕打ちを強いる悪党を、わしはぜったいに許すことができぬ」

木元は悔し涙まで流し、おのれの存念を吐きだす。

おたねの頬に赤みが射してきたように感じられた。

粥ができたので持っていくと、力無い眼差しを向ける。

勘兵衛は椀を持ち、匙で少しずつ粥を掬《すく》って口許に近づけた。

「さほど熱くはない。ゆっくりでよい、食べてみよ」

おたねは匙を嘗め、粥をひと口ふくんでは激しく噎《む》せる。

背中をそっと摩ってやり、粘り強く匙で粥を掬ってやると、ようやく何口か喉に流しこむことができた。

じわりと、おたねの目から涙が溢れてくる。

たぶん、人の温かみをおもいだしたのだろう。

しばらくすると、おたねはじっと目を閉じた。

今は、眠ることしかできないにちがいない。

勘兵衛はおたねを抱き起こし、木元にも手伝わせて背に負った。

「少しの辛抱だ」

町医者に診せ、温かい蒲団のうえに寝かせてやらねばならぬ。

勘兵衛は芝居町へ連れていき、福之湯の二階で匿《かくま》うことにした。

銀次とおしまに頼めば、ふたつ返事で面倒をみてくれるだろう。

問いたいことは山ほどあるが、からだを快復させるのがさきだ。

先導する木元も、無理強いはできぬとわかっているようだった。

小名木川の汀《みぎわ》まで戻り、降りたのと同じ桟橋から小舟を仕立てた。

おたねを膝のうえに寝かせ、勘兵衛は今までの経緯を淡々と語りはじめる。

平賀又右衛門の指摘で松井田監物への疑いが深まったこと、松井田と本所廻りの佐尻主水は繋がっており、おたねの子を堕ろした順庵の死や青茶婆のおきよの死には佐尻や岡っ引きの与一が関わっているらしいこと、さらには、通旅籠町の唐物屋が大蛇一味の隠れ蓑になっているかもしれぬということ。そして、今宵の子ノ刻、芝神明町の大和屋なる両替商が押込みに遭うとの訴えに基づき、松井田から出役の命が下るかもしれぬことまで、順序立ててすべてを告げたのである。

木元は黙って仕舞いまで聞き終え、詰めていた息を長々と吐きだした。

「わしを巻きこむまいとしたおぬしの配慮はわからぬではない。されど、今宵だけは黙ってみておるわけにはいかぬ」

「そう言うとおもったわ」

もちろん、出役に随行しても空振りにつきあわされるだけだ。

段五郎たちはかならず、捕り方が向かったのとは別の獲物を襲う。

「襲うさきがわかれば、苦労はせぬさ」

ちらりとおたねをみたが、目を開ける様子はない。

おそらく、新たに襲うさきは知らされておるまい。

やはり、おのれで考え、割りださねばならなかった。

小舟は大川を突っ切り、三叉から箱崎へと向かっている。

ともあれ、おたねを湯屋の二階に運び、介抱するのが先決だ。

日が暮れるまでには、まだ半日余りの猶予がある。

ひょっとしたら、おたねが何かこたえてくれるかもしれぬではないか。

夜までに何とか間に合えばと、勘兵衛は期待するしかなかった。

十

おたねは昏々《こんこん》と眠りつづけ、暗くなっても目を開けなかった。

鯉四郎が出役の命を携えてきたのは、戌の五つが近づいた頃である。

助っ人の廻り方は捕り方装束に着替え、ぞくぞくと数寄屋橋の町奉行所へ集まりつつあるという。

「子ノ刻まで、あと二刻か」

勘兵衛は、渋い顔で吐きすてた。

かたわらでは、木元が腕を組んだまま眸子を瞑っている。

半刻ほど前から動かず、石仏にでもなったかのようだった。

銀次には本所廻りを見張らせていた。出役の命を免れているのか、今のところ佐尻や与一に動きはない。

　木元が目を開けた。

「長尾よ、こんなときに何だが、すまなんだな」

「いったい何のことだ」

「平賀又右衛門のことさ。余計なことを頼んでしもうた」

「こっちこそ、謝らねばならぬ。まっさきに伝えねばならぬことだ」

「おもった以上に、よさそうな男だな」

「頭は切れるし、やる気もある。息子にしたら頼もしいかもな」

「そうか。おぬしが太鼓判を押してくれれば、おもい残すことはない」

「おいおい、死ぬ気か。行く先もまだ定まっておらぬのだぞ……あっ」

　勘兵衛は急に黙りこみ、眼差しを宙に遊ばせた。

　頭のなかで、突如、何かと何かが繋がったのだ。

「木元、青茶婆が今際につぶやいたことばがあったろう」

「あったな。たしか、やまたのやたし」

「それだ」

「何がそれなのだ」

勘兵衛は袖口をまさぐり、平賀から預かった護符を取りだす。

「鹿島屋でみつかった逆さ札だ。裏に呪いのごとき文言が記されてあった」

「やましかのえまらく、であったな」

「そうだ。逆さに読めば、どうなる」

「くらまえのかしまや……げっ、蔵前の鹿島屋か」

「同じやり方で、青茶婆のつぶやいたことばを逆さ読みにすれば、したやのたまやとなろう」

「あっ、下谷に玉屋はあるぞ」

「仏壇屋だ。狙いはそこよ。くそっ、何でこんな簡単なことがわからなんだのか」

「まだ間に合う」

「わしらだけならな。今からでは、内与力の門倉さまを説得する猶予がない。捕り方の助っ人は難しかろう」

「されど、行かねばなるまい」

勇みたつ木元の顔を、勘兵衛はまじまじとみつめた。

「待て。よくよく考えてみれば、おぬしを連れていくわけにはいかぬ」

「どうして」

「隠居だからさ」

「何だと、おい、長尾勘兵衛、わしはおぬしを斬ってでも、まいるからな」

興奮しながらまくしたてる木元に、勘兵衛は笑いかけた。

「死んでもしらぬぞ」

「いいさ、覚悟はできておる。ふっ」

「何が可笑しい」

「十年前と同じだな」

木元は嬉しそうにうそぶいた。

たしかに、十年前と同じ情況かもしれない。

兇悪な賊どもを相手取り、たったふたりで挑もうとしているのだ。

いや、今宵は鯉四郎と銀次がいる。四人ならば、どうにかなるかもしれない。

勘兵衛は冷静な口調で言った。

「狙いは段五郎ひとりに定めるぞ」

段五郎さえ捕まえることができれば、松井田監物との黒い関わりもあきらかにできるはずだ。

一抹の不安は、段五郎の風貌が様変わりしており、判別できぬかもしれぬということだ。

はたして、兇悪な連中を先頭で引っぱっているのかどうか。すでに一線を退き、ほかの誰かに頭目の座を譲っておらぬともかぎらない。

「頭目は段五郎さ。やつは、かならず来る。わしが一目で見破ってやるさ」

段五郎の眉間に傷を負わせた木元のことばだ。信じてもよかろう。

三人は銀次の戻りを待って、勇躍、湯屋をあとにしたのである。

芝居町から下谷までは、それほど遠い道程ではない。神田川に架かる和泉橋を越え、御徒町から左手の下谷御成街道へ向かう。あとは寛永寺へ通じる三橋をめざし、下谷広小路を右手寄りに進めば、上野元黒門町の一角に仏壇仏具を扱う『玉屋』がみえてくる。

今は行き交う人影も見受けられるが、町木戸の閉まる亥ノ刻になれば、辺りには人っ子ひとりいなくなるにちがいない。

遠くに山狗《やまいぬ》の遠吠えを聞きながら、勘兵衛は緊張した面持ちで夜空の月を睨んだ。

下谷にやってきたのは、青茶婆のおきよが今際につぶやいたことばを信じたからだ。

あらためて考えれば、何故、おきよがつぎに狙う商家の名を口にして死んだのか、理由はよくわからない。だが、ほかにおもいあたるさきはなかった。

松井田監物は押込みを手助けするべく、大勢の捕り方を芝へ振りむけさせたのだろうか。

それとても、自分たちが描いた読み筋にすぎない。大蛇一味が仏壇屋を狙っているかどうかの確証はないのだ。

「いいや、かならず来る」

と、木元は力を込めて吐きすてる。

「わしはこの日を指折り数えて待っていた。段五郎に引導を渡すことを夢みて、十年ものあいだ、眠れぬ夜を過ごしてきたのだ」

元廻り方の執念は凄まじい。

段五郎たちが来ることを信じて、じっと待つしかなかろう。

一刻半ほどのときが、あっという間に過ぎた。

——うおおおん。

山狗の遠吠えが、さきほどよりも長く尾を曳いたような気がする。

闇がわずかに動いたのは、広小路一帯が静寂に包まれたときだ。

「来た」

木元が囁いた。

全身が強張り、瞬きすらできなくなる。

月は群雲に隠れ、通りを隔てた物陰からでは兇賊の数を把握できない。少なく見積もっても、十人は超えていよう。

表の潜り戸が内から開き、賊どもが吸いこまれていく。
やはり、引きこみ役がいたようだ。
最後のひとりだけが、外の見張りに残された。
黒覆面に黒い筒袖と股引、全身黒ずくめの賊だ。
急がねばならぬ。
焦りが背中を押した。
通りに躍りでた四人は二手に分かれ、鯉四郎と木元は裏手へまわる。
勘兵衛と銀次は、まっすぐ表口をめざした。
「あっ」
気づいた見張りが覆面を引き下げ、ぴっと指笛を鳴らす。
と同時に、勘兵衛は長い打払い十手を帯から抜いた。
銀次は立ち止まり、呼子を鳴らす。
――ぴい、ぴぴい。
表口が眼前に迫った。
見張りが匕首を抜き、すっと身を沈める。
「へぼ役人め、死にさらせ」

突きだされた刃先をひらりと避け、十手の先端で首筋を叩いた。

「ぐえっ」

見張りは白目を剥き、地べたに顔から落ちる。

躊躇せずに潜り戸を抜け、商家の内へ飛びこんだ。

「野郎っ」

匕首の先端が鼻面に伸びてくる。

だが、勘兵衛は易々と躱《かわ》し、十手の先端で鳩尾《みぞおち》を突いた。

「ぬぐっ」

出迎えた賊は、ひとりだけだ。

ほかの連中は、裏口のほうへ走っていた。

盗人はかならず、表口ではなく裏口へ向かう。

勘兵衛たちは盗人の習性を見極め、裏口を固める段取りを決めていた。

「ぎゃっ」

裏口へ逃げた賊が、鯉四郎の一撃を喰らったのであろう。

断末魔の叫びにも聞こえるが、峰打ちで仕留めたにちがいない。

危うくなったら、段五郎以外は斬り捨ててもかまわぬと、鯉四郎には伝えてあった。

十一

――ぴい、ぴぴい。

銀次の吹く呼子が鳴りつづけている。

勘兵衛の役目は、賊どもを裏手へ追いつめることだ。

土蔵の陰に隠れた連中が、左右から飛びだしてくる。

「ぬわっ」

ひとりは眉間を割り、もうひとりは顎を砕いてやった。

これで四人、鯉四郎が仕留めたぶんも入れて、残りは五、六人か。

冴えた頭で勘定しながら、奥へ奥へと進んでいく。

「きゃああ」

母屋のほうから、女の悲鳴が響いてきた。

家の者か奉公人か、どちらかだろう。

廊下にあがり、灯りの点いた部屋の襖を開ける。

「死ね」

黒装束の男が、頭から突きかかってきた。

勘兵衛は身を沈め、相手の鳩尾に十手の先端を突きこむ。

倒れた賊の向こうには、匕首を手にした賊がふたり立っていた。

「近づくな。こいつらを殺っちまうぞ」

家人や奉公人が後ろ手に縛られ、ひとつところに集められている。

悲鳴がひとつしか聞こえなかったのは、ほかの連中が猿轡を嚙まされているからだろう。

勘兵衛は唸った。

「段五郎は何処だ」

「うるせえ」

応じたのは、さきほどとは別の男だ。

ふたりは手下にすぎぬと看破し、勘兵衛は踵を返す。

狙いは段五郎ひとり、雑魚のひとりやふたりは逃してもかまわぬ。

案の定、ふたりは人質を残し、部屋から逃げだした。

勘兵衛のそばを擦り抜け、廊下から飛び降りて裏手へ向かう。

「ひぇっ」

裏手のほうからは、別の悲鳴が聞こえてきた。

逃げようとしたふたりが戻されてくる。

勘兵衛は後ろから追いつき、十手を繰りだした。

「なぎゃっ」

ふたりは眉間を割られ、白目を剝いた。

さらに、別のふたりが押しもどされてきた。

鯉四郎と木元が、後ろから追いかけてくる。

「残りは、そやつらだけだ」

木元が紅潮した顔で叫んだ。

「しゃらくせえ」

ふたりは頭巾を外し、かなぐり捨てる。

群雲の隙間から、月が顔を覗かせた。

晒されたふたりの顔は、まだ若い。

しかも、ひとりは『浜長』でみた顔だ。

「おぬし、蝙蝠堂の主人か」

「ああ、おれは惣五郎さ」

「おぬしが一味の頭目なのか」

「へへ、んなわけがねえ。大蛇一味の頭目は段五郎しかいねえんだよ」

「おとなしく縛につけ」

「捕まるくれえなら、華々しく散ってやるさ」

惣五郎は地べたを蹴り、二間近くも跳んだ。

「おっ」

仰け反るや、白刃に映った月影が目に飛びこんでくる。

勘兵衛はおもわず、眸子を瞑った。

つぎの瞬間、刃風が鬢の脇を掠める。

目を開けると、惣五郎が足許に倒れていた。

背中には、脇差が深々と刺さっている。

「ひょう」

息を吐いたのは、脇差を投じた木元であった。

鯉四郎が素早く身を寄せ、残ったひとりを峰打ちにする。

「これで最後か」

勘兵衛は漏らし、地べたや廊下に転がった賊どもに近づいた。

木元も鯉四郎も、賊どもの頭巾を外して顔を確かめていく。

段五郎は五十を越えているので、判別は容易につくはずだ。

「おらぬ、くそっ、何処にもおらぬ」

木元は鬼の形相で探しまわったが、仕舞いにはへとへとになって座りこんだ。

「来ておらなんだのか」

勘兵衛には、段五郎が屋敷の何処かに隠れているような気がしてならない。

表口が何やら、騒がしくなってきた。

「旦那、厄介な連中が来やがった」

銀次が駆けこんでくる。

すがたをみせたのは、本所廻りの佐尻主水と岡っ引きの与一だった。

「ほほう、出役の命を拒んだとおもったら、こんなところで油を売っていやがった」

佐尻の皮肉に勘兵衛が応じる。

「本所廻りが何の用だ。ここは縄張りの外だぞ」

「同じ廻り方だろう。固いことは言いっこなしにしようや」

与一がすっと離れ、母屋のほうへ向かう。

勘兵衛がそちらに目をくれると、木元も動きだした。

「おっと待ちやがれ。木元源之進、隠居に勝手なまねはさせねえぜ」

近づこうとする佐尻を、木元が怒鳴りつける。

「うるせえ、てめえも悪党の仲間だろうが」

「聞き捨てにならねえな。十手持ちに刃向かったら、叩っ斬られても文句は言えねえんだぜ」

偉そうな佐尻よりも、母屋のほうが気になった。

はっとして、勘兵衛は身をひるがえす。

与一の背中を追いかけ、さきほどの部屋に向かった。

部屋には気を失った賊がふたり転がり、猿轡を嚙まされた家人や奉公人たちが身を寄せあっている。

与一は慎重に近づき、縛られた連中の顔をひとりずつ確かめようとした。

「なるほど、そのなかにおるのか」

木元もつづいた。

「あっ」

唐突に、与一が叫ぶ。

と同時に、床に両膝をついた。

こちらからみても、よくわかる。

与一の背中から、刃物の先端が飛びだしていた。

屍骸となった与一を押しのけ、大きな人影がゆらりと立ちあがった。

「……だ、段五郎か」

踏みだそうとする勘兵衛の肩を、木元が後ろから摑んだ。

痛い。鉄の爪で摑まれたかのようだ。

木元は刀を提げ、一歩ずつ近づいた。

「くふふ」

段五郎らしき人影が嗤う。

「木元源之進か。ずいぶん、年を食ったな」

踏みだしてくる男の顔に、勘兵衛はみおぼえがあった。

唐物屋の門前を竹箒で掃いていた老爺にほかならない。

背中も腰も曲がっておらず、皺顔は凄味すら感じさせる。

紛う方なき兇賊の頭目、大蛇の段五郎にまちがいなかった。

「来てくれて、ありがとうよ」

木元は静かに吐いた。

「おぬしにまみえねば、死んでも死にきれぬ」

「だったら、ここで死ね」

段五郎は低く身構え、血の滴った段平で斬りつけてくる。

素早い動きだ。

太刀筋も鋭く、焦った木元は足を滑らせた。

「うっ」

胸の辺りを斬られ、ばったり倒れる。

「うわっ、木元」

勘兵衛が駆け寄った。

「……わ、わしにかまうな」

段五郎は小脇を擦り抜け、廊下に飛びだすや、床を蹴りあげた。

遥か高みに舞いあがり、鯉四郎と銀次の頭上を飛びこえる。

そして、ひらりと地に降り、表口のほうへ向かった。

だが、佐尻主水が仁王のように身構えている。

足許には、下女の屍骸が転がっていた。

引きこみ役にちがいない。佐尻が斬ったのであろう。

「段五郎よ、ここが潮時かもな」

佐尻のことばに、段五郎は笑いながら応じた。

「ありがてえ。腐れ同心と縁切りできりゃ、すっきりするってもんだぜ」

「あの世へ逝きな」

「やめろ」

勘兵衛は叫んだ。

つぎの瞬間、佐尻は抜き打ちの一刀を繰りだす。

「ぬげっ」

大上段の一撃は、段五郎の頭蓋をふたつにしていた。

石榴《ざくろ》のように裂けた頭から、夥しい鮮血が噴きあがる。

「ぬはは、これで証しは消えたぞ」

佐尻は返り血を頭から浴び、血達磨になりながらも笑っている。

勘兵衛は茫然自失の体で、悪夢のごとき光景をみつめるしかなかった。

十二

四日後、夜空に月はなく、卯の花腐《くだ》しの雨がしとしと降っている。

真夜中の白洲には同心ふたりが並んで座り、町奉行の出座を待っていた。

もちろん、正規の裁きではない。

立ちあう者も少なかった。座敷の向かって右端に、訴状を読みあげる目安方の与力と立会役の与力が座っているだけだ。書役の同心も見当たらず、警固役の蹲踞《つくばい》同心すらも砂利に配されていない。与力と同心がふたりずつしかいないのだ。

同心のひとりは勘兵衛で、もうひとりが佐尻主水である。

勘兵衛は白洲を目にしたのもはじめてなら、裁かれる者として座ったのもはじめてだった。

ふたりは下方の砂利ではなく、座敷より一段下の板敷きに座っている。白洲は大きく三つに分かれ、九畳ある座敷と幅半間に長さ八間の板敷き、そして小砂利の敷きつめられた砂利へとつづく。砂利の外側三方は三尺幅の三和土になっており、境界の縁取りには砂利留めの葛石が置かれていた。三和土までは屋根に覆われているので、出者と呼ばれる出廷者が雨に濡れる心配はない。

厳密には下段の板敷きも、薄縁畳《うすべりだたみ》の敷かれた上椽《うわえん》と板敷きのままの下椽《したえん》に分かれており、勘兵衛と佐尻は下椽に横並びで座っていた。裁かれる者の座る位置は身分によって区別され、苗字帯刀を許された者は砂利を免れるものの、上椽と下椽のいずれに座らせられるかは公式行事で熨斗目《のしめ》を着けるかどうかで決まる。

　黒羽織を纏う同心は上椽に座ることが許されず、当然のごとく、段差のちがう座敷にあがることもできない。座敷に座っているのは、継裃《つぎかみしも》に熨斗目を着けたふたりの吟味方与力だった。目安方は門倉角左衛門、立会役は松井田監物である。

　この四人以外に、人影は見当たらない。

　異例の白洲裁きを命じたのは、町奉行の根岸肥前守自身であった。

　そもそも、先手を取って勘兵衛を訴えたのは佐尻である。訴えられた罪状は、手柄を独り占めするために身勝手な行動を取り、商家の家人や奉公人を危うい目に遭わせた。あまつさえ、隠居した元同心を巻きこみ、私怨から重罪人の段五郎を斬罪しようとした等々、筋の通らぬ内容だったが、松井田が阿吽《あうん》の呼吸で訴えを受理し、下役糺《ただし》の範疇で内々に裁こうとした。勘兵衛に御役御免を申し渡し、体よくお払い箱にしようとしたのだ。

　これに待ったを掛けたのが、内与力も兼ねる門倉であった。あらかじめ、勘兵衛から事情を聞いていたのだ。紆余曲折のすえ、根岸の面前で双方の訴えを聞き、非公式ではあるものの、公平な裁きを受ける運びとなった。

　松井田はよほど自信があるのか、佐尻ともども喜んで裁きにのぞむと応じたらしい。段五郎がこの世から消えた以上、兇賊との繋がりを証し立てできる者はいない。裁かれるのは自分たちではないし、どう足掻いても悪事の証しなど立てられぬはずだと、高をくくっていた。

門倉の機転で裁きの場へ持ちこむことはできたが、勘兵衛も容易に勝てる戦だとはおもっていない。

段五郎に斬られた木元は深傷を負い、今も予断を許さぬ容態だ。が、じつを言えば、おたねのほうは順調に快復しており、粘り強く問いを重ねて、いくつかの重要な証言が得られていた。

そもそも、おたねは捨て子で、雲照寺の門前で住職に拾われたのち、寺と関わりのあったおきよの養女となった。おきよは十年前まで大蛇一味の引きこみ役だったが、当時は段五郎の情婦でもあったらしく、町奉行所のほうへ裏から手を回して解きはなちにしてもらったのだという。

そののち、おきよは段五郎と別れ、金貸しの青茶婆に身を窶したものの、大蛇の一味であることに変わりはなかった。ただ、残忍なやり口に嫌気が差し、十年経って一味がふたたび動きだした直後、養女のおたねを一度だけ引きこみ役に使うことを条件に足を洗おうとした。段五郎は許すふりをして、刺客を放ったのである。

おきよの口を封じた刺客は、岡っ引きの与一だった。一方、中条医の順庵を殺めたのは、同心の佐尻であったという。いずれも、命じたのは段五郎の意向を汲んだ与力の松井田にほかならない。

段五郎は上方で鳴りを潜めていたが、松井田によって江戸へ呼び寄せられた。両者の繋がりは切れていなかったどころか、むしろ、松井田のほうから近づいていった。狙いは金以外にない。段五郎たちに札差の鹿島屋を狙わせたのも、勘兵衛が読んだとおり、膨大な借金を無にするために企図されたものだった。

おたねは引きこみ役となって鹿島屋の下女になる際、松井田から閨《ねや》に誘われた。拒むこともできずに乱暴され、鹿島屋の主人を誑《たら》しこむように命じられた。それから、一年掛かりで入念に準備をととのえ、大蛇一味は十年ぶりに復活を遂げたのだ。

鹿島屋への押込みでは、多くの死人が出ている。育ての親のおきよまでが殺められたと知り、おたねは逃げだした。たしかに、おたねは悪事の一端を担ったが、物心ついたときから恐怖を埋めこまれ、みずからの意志とは関わりなく、悪事への加担を強いられたのである。

勘兵衛におたねを責める気はないし、罪を償うべく土壇へ送ることもできない。それゆえ、白洲には呼ばなかった。根岸の面前で証言すれば、松井田と佐尻の罪はあきらかにできるかもしれぬ。しかし、おたねにも厳しい沙汰が下されるはずだ。それだけは避けたかった。

おたねひとりを救えぬようでは、十手を持つ意味はない。

それは廻り方として江戸の安寧を願う者の矜持である、けっして譲ることのできない一線なのだ。

座敷の左右には燭台《しょくだい》が置かれ、壁や床に怪しげな光を投げかけている。薪能の舞台にも似て、物の怪《け》が隠れているような気配もあった。長押《なげし》の上は木格子で、これといった装飾はほどこされていない。左右は杉戸で閉めきられ、余計な飾りが無いぶん、厳粛さが際立つような感じもする。

冷静に考えれば、やはり、段五郎を失ったことが痛い。松井田と佐尻の悪事を説くことはできても、悪事を裏付ける証しは何ひとつないのだ。与力の松井田に世迷い事だと断じられれば、即座に裁きが下されることもあり得よう。

今宵の根岸は、湯屋で背中を流す「薊《あざみ》の隠居」とはちがう。

公平公正を裁きの支柱に据える厳格な町奉行にほかならぬ。

長年の経験から推しても、勝ち目は五分五分と踏んでいた。

もちろん、是が非でも勝ちたい。

悪党与力と同心を御奉行の面前で断罪する好機なのだ。

だが、白洲に座らされた以上、勘兵衛に語るべきことばはない。

申し開きの機会を許されても、くどくど語ろうとはおもわなかった。

もはや、やるべきことはやった。門倉にすべて語った時点で、どのような罰も甘んじて受けようと、腹を決めたのだ。

根岸肥前守鎮衛という人物を信じて、冷静に裁定を待つよりほかにない。

眸子を瞑ると、隣部屋から衣擦れの音が近づいてきた。

いよいよだなと、勘兵衛は唇を引き結んだ。

十三

「御奉行の御成りである」

門倉の声で目を開けた。

鬢の白い根岸は、継裃を纏っている。

脇差だけを帯に差し、刀は右手に提げていた。

威厳があって凜々しく、やはり、朝風呂に浸かる隠居とは別人である。

お辞儀をする与力ふたりは脇差のみを許され、板敷きに座る同心ふたりは刀も脇差も携行を許されていない。

根岸は座敷のなかほどまで進み、着席の際は刀を背後に置いた。

厳格さを演出するためか、座布団すら敷かれていない。寒中でも火鉢は用意されぬらしく、呑み物のたぐいや煙草盆も置かれていなかった。

根岸は懐中から扇を取りだし、かたわらの門倉に目配せを送る。

門倉は軽くうなずき、尋問の目録を眺めながら白洲裁きの趣旨を述べた。

あくまでも、勘兵衛を裁くのが前提となるため、松井田や佐尻が段五郎と裏で通じていた事実や経緯は語られなかった。

門倉の前口上が終われば、根岸自身の直糺がはじまるはずだ。

多くの公事は吟味方与力の下役糺を経て内済で解決されるため、白洲での直糺による裁許は百ある訴えのうちのひとつ程度と目されていた。対決とも呼ばれる町奉行着座の公事合は、それほど貴重な機会なのである。

「されば、長尾勘兵衛に聞こう」

根岸は毅然と発した。

「おぬしは出役の命に背き、おのれの一存で身勝手に動いたあげく、頭目の段五郎を死にいたらしめた。その罪は重いと考えるが、申し開きがあらば聞いておこう」

「ございませぬ」

「されば、佐尻主水の訴えどおり、御役御免を申しつけねばなるまい。のう、松井田」

「はっ」

唐突に問われ、松井田は戸惑いながらも両手を畳につく。

「仰せのとおりにございます。本来ならば……いえ、何でもございませぬ」

「遠慮いたすな。ここは真夜中の白洲じゃ。言いたいことを申してみよ」

「恐れながら、そこな臨時廻りの罪状は明白ゆえ、本来ならば、一等重い罪に問うてもよいところでございます。されど、かような機会をわざわざつくっていただいたことでもあり、御奉行の御裁定にしたがいたく存じまする」

「松井田よ、不満げじゃな。かような裁きは茶番にすぎぬとでも言いたいのか」

「とんでもございませぬ。わざわざ訴えを取りあげていただき、むしろ、感謝いたしておる次第にございまする」

「されば、ついでに聞いてもよいか」

「はっ、何なりとどうぞ」

根岸は閉じた扇で肩を軽く叩き、核心を突くような問いを発した。

「十年前もこたびも、大蛇一味の押込みがあった晩にかぎって、おぬしは捕り方どもに出役を命じた。鹿島屋の一件を除いて、都合五度じゃ。大蛇一味に関わった出役は、ほかに一度もない。それは偶然か。それとも、段五郎から事前に日取りを聞かされておったのか。どっちじゃ」

松井田が事前に日時を知り得たのは、もちろん、段五郎から秘かに連絡があったからだ。出役で捕り方の目を逸らし、盗み金の一部を報酬として得ていたのである。おたねによれば、連絡役は岡っ引きの与一がやっていたという。もちろん、佐尻も深く関わっていた。が、もはや、与一はこの世にいない。

「死人に口なしか」

ふうっと、根岸は溜息を吐いた。

「松井田よ、連絡役の岡っ引きが都合良く死んでくれたおかげで、安堵したのではないのか」

「……な、な、何を仰います」

松井田は動揺を隠せず、鯉のように口をぱくつかせる。

根岸はたたみかけた。

「岡っ引きはほとけになったが、帳面を残しておってな。おのれが住む長屋の大家に預けておいたのじゃ。自分の身に万が一のことがあったら、町奉行直々に届けてほしいと言い遺しておったそうな。律儀な大家は岡っ引きの遺言を守った。おい、門倉、帳面の中身を説いてやれ」

「はっ」

帳面には「松井田監物さま、佐尻主水さまの命により」とあり、大蛇一味による押込みの日時と襲う商家の名、さらには、捕り方を差しむけてほしい町名や商家の屋号まで記されていた。しかも、すべての書き込みは、押込みの直前に記されたものであった。

「先日の押込みで、岡っ引きが直前に記していたことが判明したのじゃ。大家が岡っ引きから帳面を預かったのは、仏壇屋が襲われる前日のはなしでな。つまり、岡っ引きの与一は押込みのたびに段五郎と連絡を取り、おぬしのもとへ事前に段取りを報せておったのではあるまいか。さような疑いが浮かんでこよう」

根岸の声は白洲に殷々《いんいん》と響いた。

松井田は床に両手をつき、びっしょり汗を搔いている。

滝のような汗が頬を伝って顎から滴り、畳を濡らしているのだ。

「松井田よ、帳面についてはどう言い訳する。わしは信じられん。町奉行所の中核を担う吟味方与力ともあろう者が、私腹を肥やさんがために兇賊と通じておったなどというはなしはな。言語道断にもほどがあろう」

「……も、も、もちろんにございます。それは何かのまちがいに、ござ……ござ、ござります」

「帳面は偽物だと申すのか」

「……は、はい」

「ならば、証し立てしてみせよ。何故、それほど汗を搔いておるのじゃ。おぬしは大蛇の段五郎と通じておったのか」

権威のある者から恫喝口調で責められ、責め苦に不馴れな与力はあきらかにおのれを見失っていた。

「ぬうう……」

松井田は低く呻き、身を起こすや、つんのめるように歩きだす。

かたわらの門倉は袂を摑んだが、袂だけがちぎれてしまった。

松井田は脇差を抜き、根岸に突きかかる。

刹那、根岸がばさりと袖を振った。

「無礼者」

「ぎぇっ」

脇差が床に転がり、松井田は手甲を押さえて蹲る。

根岸が手にする扇は、鉄扇であった。

上から叩きつけ、手甲の骨を砕いたのだ。

一瞬の出来事に、勘兵衛は息を吞むしかない。

かたわらの佐尻は、口をぽかんと開けている。

「誰かおらぬか。乱心者を引っ立てい」

隣部屋に隠れていたのか、四人の蹲踞同心がだっと駆け寄ってくる。

ふたりは松井田の襟首を摑まえて引きずり、残りのふたりは佐尻の両脇を抱えて退場していった。

「これにて一件落着」

あまりに鮮やかな白洲裁きであった。

勘兵衛が潰れ蛙となって平伏すると、根岸がべらんめえな口調で言いはなつ。

「ふん、ざまあみろ。帳面なんざ、ありゃしねえんだ」

「えっ」

顔を持ちあげると、根岸は不敵に笑った。

「ああでもしなけりゃ、悪党与力は裁けねえだろうが。でもな、こんな仕置きは一生に一度だけだ。悪夢でもみたとおもって、忘れるっきゃねえ。匿ってやった小娘にも、そう伝えとけ」

「へへえ」

さすが、烏枢沙摩《うすさま》明王を背負った薊の隠居、何から何までお見通しのようだ。

根岸と門倉が白洲から退場したあとも、勘兵衛はひとりでいつまでも板敷きの下椽に額ずいていた。

十四

松井田監物と佐尻主水は腹を切った。

公の記録では「病死」とされ、根岸自身が関与したことも、真夜中の白洲裁きがおこなわれたことも、表沙汰にはされなかった。酒に酔った役人たちの噂話にはなったようだが、松井田と佐尻の罪状を正確に知る者はおらず、裁きの主役となった臨時廻りの勘兵衛が口の端にのぼることもなかった。

「あれから十日か」

白洲裁きが遠いむかしの出来事のように感じられてならない。

「萌葱《もえぎ》の蚊帳《かや》ぁ」

八丁堀の露地裏からは、蚊帳売りの売り声が聞こえてくる。

水辺には花菖蒲が咲き、庭には石榴が臙脂《えんじ》色の花を咲かせた。

昨日は綾乃と孫の綾を連れ、亀戸天神の藤棚を堪能してきた。

目に楽しい可憐な花々は、鬱陶しい梅雨の到来も想起させる。

勘兵衛は縁側に胡座を搔き、軒裏に去年みつけた燕《つばめ》の巣を見上げた。

「まだ帰ってこぬか」

去年の巣が残っておれば、燕は忘れずに戻ってくる。

そう信じているだけに、空の巣を見上げると虚しい気分になってしまう。

おたねは先日、上方へ旅立っていった。

背中に「南無阿弥陀仏」と書かれた白衣を纏い、四国八十八箇所を巡るのだという。

おのれの背負った罪業を少しでも浄化させたいと、命懸けの一人旅に向かう覚悟を決めたのだ。晴れ晴れとした表情をみて、止めても無駄だとすぐにあきらめた。路銀を渡して送りだすことしか、勘兵衛にはできなかった。

「充分でやしょう。おたねはきっと、立ちなおってくれるにちげえねえ」

銀次の言ったとおりかもしれない。

巡礼の旅が終わったら、かならず江戸へ戻ってこい。そのときは、とことん面倒をみてやるからなと、目顔で訴えながら送りだした。

　おたねは涙を拭いて歩きだし、何度も振りかえってはお辞儀をした。

「戻ってこい」

　燕の巣を見上げ、勘兵衛はつぶやく。

　と、そこへ、木元源之進がひょっこり訪ねてきた。

「よう、うぽっぽ、あいかわらず暇そうだな」

「ふん、やっと歩けるようになったか」

「おかげさまでな」

　木元はゆっくり歩を進め、縁側の端に腰を下ろす。

「痛っ」

「無理をするな」

「大丈夫だ。ほれ、傷痕を拝むか」

　胸を開くと、長さ一寸余りの生々しい金瘡が目にはいった。

「誉れの金瘡さ。おぬしのおかげで、痛快な捕り物劇に参じられた」

「埋み火は見事に爆ぜたな」

「ああ、生きる気力まで湧いてきおった。当面のあいだ、埋もれる気はないぞ」

「そいつはよかった」

木元は快活に喋りつづける。勘兵衛は嬉しかった。

「ところで、家の連中はどうしておる」

「何せ、女が三人だ。姦《かしま》しいと言うしかなかろう」

「ふふ、ならば、男をひとり増やすしかあるまい」

「それだ、じつは、そのことで相談にまいった。平賀又右衛門とうちの千奈津を、早々に見合いさせたいのだ」

「それは良い考えだな」

「でな、おぬしにひと肌脱いでほしいのさ」

「仲立ちをやれと申すのか」

「嫌か」

「いいや、喜んで引きうけよう」

「ありがたい。じつは、思案橋のそばに、鯔《ぼら》の臍を食わせる一膳飯屋をみつけてな。どうだ、今から一杯飲らぬか」

「まいろう」

勘兵衛は腰を浮かせた。

刹那、黒い影が頭上を通りすぎる。

軒裏を見上げれば、つがいの燕が巣から顔を出していた。

「うほっ、燕だ。燕が帰ってきおった」

「長尾よ、幸先が良いぞ」

「そのとおりだな」

勘兵衛は手を叩いて喜び、着流し姿で庭下駄をつっかける。

鯔の臍とは、どのような食べ物なのか、よくわからない。

塩で食うのか、タレで食うのか。

そんなことを考えながら門の外へ繰りだし、すっきり晴れた空のもと、気の置けぬ友と肩を並べて、のんびりと歩きはじめた。

解説

細谷正充

坂岡真は凄い。二〇〇五年十月に徳間文庫から刊行された、文庫書き下ろし時代小説『うぽっぽ同心十手綴り』を見たとき、まずそう思った。だって〝うぽっぽ同心〟だよ。同心を主人公にした捕物帳は、よく「××同心」といったシリーズ名を与えられる。その場合、鳥羽亮の「八丁堀剣客同心」や、井川香四郎の「くらがり同心裁許帳」などのように、格好いい感じのシリーズ名になることが多い。その一方で、幡大介の「大富豪同心」のようなユーモラスなものもあり、「うぽっぽ同心十手綴り」シリーズも、そのひとつといっていいだろう。

とはいっても、やはり〝うぽっぽ同心〟という、なんとも気の抜けるネーミングをシリーズの顔であるタイトルにしたことは凄い。ちなみに、うぽっぽを調べてみたら実在の江戸言葉で、うかうかと遊び回る様や、暢気な様を意味するという。

シリーズの主人公の長尾勘兵衛は、南町奉行所定廻り同心を経て、臨時廻り同心になったベテランだ。しかし、「不浄役人のくせに袖の下も受け取らず、手柄をあげる気概もねえ。上の連中からは見放され、同役や後輩からは小莫迦にされ、それでも、のほほんとした顔で後生楽に町中を歩きまわっていやがる。うぽっぽってのはな、毒にも薬にもならねえお気楽な野郎ってことなのさ」といわれ、奉行所などで〝うぽっぽ同心〟と嘲られているのである。

　だが、町の人々は親しみを込めて〝うぽっぽの旦那〟などと呼ぶ。眉間には〝地紋〟と称する黒子があり、「まるで微笑仏のようだねえ」ともいわれる。やる気がないと思っている奴らは見る目がない。のほほんとした顔の裏には、悪を許さない熱い魂が息づいているのだ。また、南町奉行の根岸肥前守との繋がりもある。権力の理不尽にも臆することなく立ち向かい、手柄が闇に葬られても気にしない。江戸の庶民のために、命がけで働いているのである。本シリーズを手にした人は、このギャップにやられて、たちまち勘兵衛に惚れ込んでしまうのだ。

　事実、『うぽっぽ同心十手綴り』は好評を博し、たちまちシリーズ化され七冊が刊行された。一旦は完結したものの、再開を求める声が多かったのだろう。二〇〇九年九月の『うぽっぽ同心十手裁き　蓑虫』から、第二シーズンを開始。こちらは「うぽっぽ同心十手裁き」シリーズとして六冊で完結した。幼い娘を残して失踪し、二十年経って記憶喪失状態で見つかった妻の謎や、勘兵衛の出生の秘密など、さまざまなことも明らかになり、大団円を迎えたのだ。

シリーズが見事なフィナーレを迎えたことは、大いに喜ぶべきことである。だが、これで勘兵衛とお別れかという悲しみも覚えた。しかし今、シリーズが甦ったのである。二〇二二年十月から中公文庫で、復刊が始まったのだ。さらに第三シーズンの幕開けとして、新作を書き下ろした。それが本書『うぽっぽ同心終活指南（一）』なのである。

大団円からさらに時が経ち、勘兵衛の状況も少し変わったようだ。ただ、これからシリーズを読む人もいるだろうから、詳細は控えよう。還暦を過ぎて一人暮らしをしながら、臨時廻り同心を続けていることだけ分かれば問題なしである。足腰の達者な勘兵衛だが、いささか体力は落ちているようだ。それでも彼の行動は変わらない。

冒頭の「島帰り」は、見廻りの後、足を延ばした小石川の牛天神で、勘兵衛が騒動に出くわす。水戸藩作事方の和久井兵庫という武士が、幼い娘を抱え、母親に刀を突きつけていたのだ。聞けば、藩の御畳奉行である片瀬與左衛門の不正を明らかにしようとしたところ、御作事奉行から御役御免を申しわたされたとのこと。これに逆上し、混乱したまま騒動を引き起こしたのだ。勘兵衛の「わたしがお調べいたします」という言葉に我に返った兵庫は、彼に後事を託して自裁した。重いものを背負わされたと思いながら、勘兵衛は水戸藩を調べることにする。江戸の水道事情を踏まえた不正に、時代小説ならではの面白さが感じられた。

その一方で勘兵衛は、別の悩みを抱えている。過去に島流しになった岩吉という泥大工が帰ってくることになったが、成長した娘のおはると会わせるべきかどうか迷っているのだ。過去の事件で死人が出たのは不幸な偶然。岩吉は運が悪かっただけだ。しかし罪人になってから岩吉は、娘のことを案じて、会おうとはしなかった。その想いは、今も変わらないだろう。さらに、おはるが看板娘をしている水茶屋は、評判のよくない岡っ引き・伝通院の伊六の嫌がらせを受けていた。伊六を使っている定廻り同心の高木甚内も悪党だ。嫌がらせの裏には、ある人物の思惑があるらしい。おはるの幸せを考える勘兵衛は、この件でも奔走する。

水戸藩の醜聞と岩吉おはる親子の件は、やがて意外な形で結びつく。過去の因縁が絡まり合い、状況は抜き差しならない。よくぞこれだけ因果因縁を錯綜させたと仰天。本作は中篇だが、事件だけで長篇にできるだけのボリュームがあるのだ。それがギュッと凝縮されている。読みごたえがあるはずだ。

しかも御三家である水戸藩は、本来なら一介の同心の手に余る。だが勘兵衛は止まらない。手下の岡っ引き・すっぽんの銀次。かつて勘兵衛の薫陶を受けた定廻り同心で、娘婿である末吉鯉四郎。頼りになる仲間たちと共に、悪党たちに肉薄していくのだ。おっと、先代の頃から勘兵衛宅に居ついている金瘡医の仁徳もわすれちゃいけない。口は悪いが、人の心に通じた、得難い仲間である。

さらに奉行の根岸肥前守と、吟味方与力の門倉角左衛門も、勘兵衛の味方である。といっても水戸藩相手では、表立って協力はできない。だから勘兵衛は自ら矢面に立ち、危地に飛び込んでいく。権力にも暴力にも屈せず、悪党どもを退治する主人公の活躍が痛快至極。世の中の汚れを熟知しながら、それに染まることなく己を貫く〝うぽっぽ同心〟を、応援せずにはいられないのだ。

続く「月見の味」は、川普請を巡る材木石奉行たちの不正と、八年前に勘兵衛が下手人を捕まえた傷害事件が繋がっていく。そして知り合った三味線の師匠の罠にハマった勘兵衛は、不正の口封じのために殺された黒鍬者の下手人に仕立てられそうになるのだ。

といっても罠からは早々に脱出。事件の構図を理解した勘兵衛と仲間たちの反撃が、やはり痛快である。主人公を窮地に陥らせ、読者をドキドキさせながら、ストレスを与える展開にはしない。読者を心地よくさせる、エンターテインメント・マスターというべき、作者の手腕を堪能してほしい。

そしてラストの「埋み火」は、勘兵衛が思案橋で、隠居した元臨時廻り同心の木元源之進と再会する場面から始まる。ふたりには、苦い過去があった。凶賊一味の隠れ家を突き止めたが、上司が源之進の言葉を信じず応援を派遣しなかったため、頭目の大蛇の段五郎を取り逃がしていたのだ。家に居場所がなく、やることもないと嘆く源之進。それが呼び水となったわけでもなかろうが、大蛇の段五郎一味が江戸に現れた。凶悪な犯行に勘兵衛は怒る。

一方の源之進も、密かに一味を追い、事件に巻き込まれていた。源之進の私的な頼みで会った、奉行所の新米例繰方同心・平賀又右衛門の指摘で、突破口を見出す勘兵衛。大蛇の段五郎が捕まらなかった理由に確信が持てた。さらに、ある人物のダイイングメッセージ（単純だが、それゆえに効果的）を解き、源之進と共に段五郎に迫っていく。

本作も凶賊一味の背後に、権力の腐敗が隠れている。このシリーズらしい事件の構図で、ページを繰る手が止まらない。老人ふたりをバディ（相棒）にすることで、楽しく読むことができるのだ。物語の味付けの妙というべきだろう。また、レギュラーになってもおかしくない魅力を発揮する又右衛門や、根岸肥前守まで使った事件の決着のつけ方など、見どころは満載だ。

以上三篇、どれも勘兵衛を中心とした、物語の世界を堪能できた。シリーズのファンならば、第三シーズンの開幕を、もろ手を挙げて歓迎するだろう。そしてこれからのさらなる展開を、首を長くして待つのである。

（ほそや・まさみつ　書評家）

本作は書き下ろしです。

中公文庫

うぽっぽ同心《どうしん》終活《しゅうかつ》指南《しなん》(一《いち》)

2023年1月25日　初版発行

著　者　坂《さか》岡《おか》　真《しん》

発行者　安部順一

発行所　中央公論新社
〒100-8152　東京都千代田区大手町1-7-1
電話　販売 03-5299-1730　編集 03-5299-1890
URL https://www.chuko.co.jp/

DTP　ハンズ・ミケ
印　刷　大日本印刷
製　本　大日本印刷

Published by CHUOKORON-SHINSHA, INC.
Printed in Japan　ISBN978-4-12-207305-0 C1193

中公文庫既刊より

さ-86-1
うぽっぽ同心十手《じって》綴り
坂岡　真
〝うぽっぽ〟とよばれる臨時廻り同心の長尾勘兵衛は、人知れぬところで今日も江戸の無理難題を小粋に裁く。情けが身に沁みる、傑作捕物帳シリーズ第一弾！
207272-5

さ-86-2
うぽっぽ同心十手綴り　恋文ながし
坂岡　真
野心はないが、矜持はある。悪を許さぬ臨時廻り同心、長尾勘兵衛の粋な裁きが胸を打つ。傑作捕物帳シリーズ第二弾！
207283-1

さ-86-3
うぽっぽ同心十手綴り　女殺し坂
坂岡　真
十手持ちには越えてはならぬ一線があり、覚悟を決めねばならぬ瞬間がある。正義を貫くため、長尾勘兵衛は巨悪に立ち向かう。傑作捕物帳シリーズ第三弾！
207297-8

い-138-1
剣神　神を斬る　神夢想流林崎甚助1
岩室　忍
出羽楯岡城下で闇討ち事件が起こった。父を殺された六歳の民治丸は仇討を神に誓う。居合の始祖・林崎甚助の生涯を描く大河シリーズ始動！　文庫書き下ろし。
207226-8

い-138-2
剣神　炎を斬る　神夢想流林崎甚助2
岩室　忍
仇討を果たした甚助を待ち受けていたのは、荒ぶる神の怒りであった。神の真意を悟った甚助は、廻国修行に身を投じ、剣豪塚原卜伝を訪ねる。文庫書き下ろし。
207256-5

い-138-3
剣神　鬼を斬る　神夢想流林崎甚助3
岩室　忍
信長の天下が近い。甚助は神夢想流居合を広めながら、出羽に不穏な軋みを見ていた。その軋みはやがて甚助の故郷楯岡城を巻き込んでいく。文庫書き下ろし。
207278-7

す-25-33
江戸の雷神
鈴木英治
その勇猛さで「江戸の雷神」と呼ばれる火付盗賊改役の伊香雷蔵は、府内を騒がす辻斬り、押し込み、盗賊らを追うが……。痛快時代小説シリーズ開幕！
206658-8

各書目の下段の数字はISBNコードです。978-4-12が省略してあります。